D1844237

Stadtbibliothek
Waldkirch

AUSSORTIERT

Katja Behrens

Zorro – Im Jahr des Pferdes

Katja Behrens

Zorro – Im Jahr des Pferdes

Roman

Stadtbibliothek
Waldkirch

001000

BELTZ
& Gelberg

Katja Behrens, geboren in Berlin, arbeitete viele Jahre als Übersetzerin bekannter Autoren wie William S. Burroughs und Henry Miller, war anschließend Verlagslektorin und ist seit 1978 freiberufliche Schriftstellerin. Sie wurde mit zahlreichen Literaturpreisen ausgezeichnet und ist Mitglied des PEN. Zuletzt erschien von ihr im Fischer Verlag der Roman *Die Vagantin*.

Für Brigitte und Volkmar

© 1999 Beltz Verlag, Weinheim und Basel
Programm Beltz & Gelberg, Weinheim
Alle Rechte vorbehalten
Einband Max Bartholl
Unter Verwendung eines Fotos von Robert Vavra
Neue Rechtschreibung
Gesamtherstellung
Druckhaus Beltz, 69494 Hemsbach
Printed in Germany
ISBN 3 407 79802 4
1 2 3 4 5 6   04 03 02 01 00 99

I

Die Schenkel an den Pferdeleib gepresst, ließ Lea sich einen geteerten Feldweg hinuntertragen, der schon tief stehenden Sonne entgegen.

Auf dem sattellosen Rücken sitzend, spürte sie jede Bewegung des Pferdes, auch seine Kraft, von der sie schon nach wenigen Schritten wusste, dass es sie nicht gegen sie einsetzen würde. Es trug sie bereitwillig, mit einer Art von Pferdeheiterkeit, als wäre es froh, endlich wieder im Freien zu sein. Tage, vielleicht sogar Wochen hatte es im Halbdunkel der Scheune gestanden, allein zwischen düster schweigenden Holzbalken.

Lea konnte seine Wimpern sehen, die Augen selber nicht, nur die Wimpern, eine dichte Reihe von geraden grauen Wimpern zu beiden Seiten des weißen Kopfes. Die um die Zügel geballten Fäuste lockerten sich. Ihr Körper begann mit dem des Pferdes mitzuschwingen.

Am Horizont der weiß gefiederte Himmel über einer Ebene, in der es nichts gab als von kreuz und quer verlaufenden Wegen durchschnittene Felder mit Gebüschreihen, zwischen denen sich Weißdornwolken bauschten und ab und zu eine Weide ihr Wasser-

mannhaar in den Wind hielt. Lea fühlte sich zum ersten Mal befreit von der Last der Erinnerung, die sie einen Herbst und einen Winter lang ununterbrochen getragen hatte. So erleichtert wie jemand, der unerträglichem Lärm ausgesetzt war, und plötzlich ist Stille. Es hat aufgehört. Langes, tiefes Ausatmen. Es war, als sei das Räderwerk eines Maschinenraums in ihrem Innern zum Stillstand gekommen. Einmal gab es kein Warum. Tag und Nacht warum. Nicht auszuhalten. Nicht abzustellen. Allein dieses Warum war so laut gewesen, dass es alles andere übertönt hatte. Und jetzt war Ruhe. Lea fragte sich nicht, warum ihr das Hufklappern so gefiel, das dumpfe Klock Klock der unbeschlagenen Hufe auf dem geteerten Feldweg, und nicht, warum sie sich so sicher fühlte auf dem Rücken dieses Pferdes, und nicht, woher sie wusste, dass es ein gutartiges, gutmütiges Wesen besaß.
In der Ferne zog ein Traktor seine Bahnen über ein noch braunes Feld. Er war so weit weg, dass er sich von allein dahinzubewegen schien.
Der Weg endete an einem Wassergraben.
Lea kehrte um und ritt im Trab auf die in der Sonne liegenden Bergwellen des Odenwaldes zu.
Am Hoftor wartete Herr Ostendorf.
Lea ließ sich vom Pferd gleiten und zog den Rock hinunter.
Den Rock trug sie, weil sie nicht gewusst hatte, dass sie reiten würde. Herr Ostendorf hatte sie angerufen.
»Haben Sie eine halbe Stunde Zeit? Ich will Ihnen was zeigen.«

Was, das hatte er nicht sagen wollen.
»Was Schönes. Sie werden sehn.«
Er war der Einheimische, sie die Fremde, eine nicht mehr junge Frau, die erst seit ihrer Scheidung in dem kleinen Ort an der Bergstraße wohnte. Sie hatte schon gemerkt, dass sie hier nicht viele Worte machten, doch hatte Herrn Ostendorfs Knappheit noch eine andere Klangfarbe: Es schwang da etwas mit, das an das Gebell auf einem Kasernenhof erinnerte, und Lea hätte sich dem wahrscheinlich entzogen, wenn Karl-Heinz Ostendorf, den sie hier den Ostendorf Kalle nannten, nicht so gefühlvoll gebellt hätte.
»Etwas sehr Schönes.«
Sie hatte sich schon gedacht, dass es um ein Pferd ging. Aber nicht, dass Herr Ostendorf das Pferd kaufen wollte. Und zwar sofort. Er hatte das Geld dabei. Abgezählt in der Brusttasche. Für das ganze Pferd. Kaufen wollte er jedoch nur das halbe. Die andere Hälfte sollte Lea kaufen ... erst mal eine Hälfte, und dann, in ein paar Wochen, würde Ostendorf sie bitten, ihm seine Hälfte abzukaufen. Doch davon wusste Lea noch nichts, und wahrscheinlich wusste Ostendorf das auch noch nicht, als sie zusammen zu dem Hof fuhren, auf dem Florabella untergebracht war. Nur eines wusste er gewiss: Er hatte seiner Frau versprochen, keine Pferde mehr zu kaufen. Fest versprochen, nie mehr ein Pferd zu kaufen.
»Ein ehrliches Pferd. Sie werden sehn.«

Eine mickrige Schimmelstute, ein Apfelschimmelchen mit grauer Mähne und grauem Schweif. Der Kopf zu groß für den zierlichen Körper, die Mähne schütter.
Lea hatte langsam die Hand ausgestreckt, um den Pferdehals zu tätscheln. Der Hals war warm und fühlte sich nicht so glatt an wie später im Sommer. Florabella hatte noch das Winterfell. Sie ließ sich das Streicheln gefallen, wollte aber sonst nichts weiter von Lea wissen, sondern horchte in die Welt hinaus, ob da irgendwo andere Pferde waren. Lea sprach leise zu den fein bepelzten Ohren hin. Die Ohren spielten, und Lea dachte schon, die Stute höre ihr zu, als die plötzlich den Kopf hob, so weit der Strick es zuließ, und laut wieherte. Das Maul geöffnet, die Zähne entblößt, die dünnen Beine fest auf den Boden gestemmt. Der Schweif hob sich, ein paar Pferdeäpfel fielen zu Boden.
Lea strich über die angespannten Halsmuskeln.
Reiten wollte Herr Ostendorf nicht. »Ich bin zu schwer.« Aber das Pferd versorgen, das gern. Und einen Stall hatte er auch.
»Den kennen Sie ja. Hatte ich verpachtet. Üble Geschichte. Das war ein Verbrecher. Hat ein Pferd nach dem andern gekauft. Am Ende waren es sieben. Und kein Geld für Futter. Nichts mehr drauf.« Schnelles Reiben von Daumen und Zeigefinger. »Hat sie völlig verkommen lassen. Musste ihn vor die Tür setzen, den Verbrecher.«
Lea sah Herrn Ostendorf an. Er hatte wässrig blaue, ein wenig hervorquellende Augen.

»Verlassen Sie sich auf mich. Sie können sich ganz auf mich verlassen.«
Seine Augen waren wie ein leerer Himmel. Sie wollte nicht glauben, was sie sah – wer weiß schon, was er in den Augen eines anderen Menschen sieht. Es war ja nur ein Moment, ein sehr kurzer Moment. Leerer Himmel oder Meer weit draußen, wo es kein Land mehr gibt, nur Wasser, nichts als Wasser.

»Und?«, fragte Herr Ostendorf.
Lea nickte.
Er legte die Hand aufs Herz. »Das ist ein Geschenk für mich. Ich kann ohne Pferde nicht leben.«

II

Der Stall lag im Ortskern, wo zwischen den alten Odenwälder Bauernhäusern mit ihren breiten Toren einige kleine, von hölzernen Balkonen umgebene Villen standen, die sich mit den Jahren und der abblätternden Farbe ihrer Fassaden so in das Ortsbild eingelebt hatten, dass sie nur noch dem Fremden fremdartig erschienen, ihn vielleicht an Russland erinnerten, einen trägen Nachmittag auf dem Lande bei Moskau.
Die Russen waren schon lange wieder weg, aber die Einheimischen erzählten immer noch gern von der Russenzeit, die sie selber nur aus Erzählungen kannten, im Singsang gehaltenen Erzählungen von der großen Zeit, als der Zar zu Besuch kam, jedes Jahr, mindestens einmal. Mit der Zarin, die eine hessische Prinzessin und hier zu Hause gewesen war, in dem Schlösschen oben auf dem Berg, das zu klein war für das große Gefolge, weshalb man ein weltstädtisches, natürlich *Krone* genanntes Hotel gebaut hatte, mit steinernen Balustraden und einer Terrasse, auf der die Herrschaften im Sommer sitzen und plaudern konnten, vielleicht sogar tanzen – groß genug war sie und nun schon lange wieder leer, unbenutzt von den jetzi-

gen Bewohnern des heruntergekommenen Gebäudes, die kaum noch gehen konnten und das Heim nicht mehr verließen, abgesehen von einem ruhelosen Greis in Pantoffeln, dem Lea auf ihrem täglichen Weg in den an die *Krone* angrenzenden Stall immer irgendwo begegnete. Er ging ohne Stock, wackelig und mit gebeugten Knien. Die Augen blickten so starr und böse, dass er Lea zuweilen als Zerberus erschien, der die andere Welt bewachte. Die Welt jenseits des Tors, den letzten Hof im Ort, mit Wohnhaus, Scheune und Ställen, in denen es zuerst nur Florabella gab.

Florabella stand still, mit halb geschlossenen Augen, das rechte Hinterbein eingeknickt, die Hufspitze leicht auf den Boden aufgesetzt. Lea strich über den Hals, die Senkung des Rückens, die Wölbung der Hinterhand, klopfte den Striegel aus, strich über Hals, Rücken, Kruppe. Hinter einem der beiden auf den Hof hinausgehenden Fenster des Wohnhauses schwamm Herrn Sauerweins fahles Gesicht im Abendlicht, es schaute auf den Hof, als wäre es so weit weg von der Erde wie der Mond.

Lea legte die Hand, die nicht striegelte, auf Florabellas Hals. Das Haar war glatt und kurz, kein Winterfell mehr. Im Stall flogen die Schwalben ein und aus. Den Hals kannte Lea jetzt schon. Sie kannte ihn in heiteren Momenten der Eintracht, wenn er sich nach ihr umdrehte, im Trab, einmal rechts, einmal links, im Takt des Trabes, der weiße Pferdekopf, das dunkle Auge. Sie kannte ihn in Augenblicken der Zwietracht, wenn er lang und widerspenstig wurde und die Haut eigensinnige kleine Falten warf. Sie kannte ihn, wenn er sich neigte, um zu dösen, und wenn er sich streckte, um zu wiehern.

Das Wiehern war seltener geworden. Es hatte schon fast ganz aufgehört. Aber am Anfang, auf den fremden Wegen in den fremden Wäldern, hatte Florabella fast ununterbrochen gewiehert. Immer wieder das heftige Erbeben des Pferdekörpers und die Pferdestimme, die Vogelgesang und Spechtklopfen übertönte. Ist da jemand? Es war da niemand. Keine anderen Pferde in der Nähe. Florabella wusste das. In der Luft, die sie einatmete, war kein Duft von Artgenossen. Sie wieherte einfach in die Fremde hinein, um sie mit ihrer Stimme zu erfüllen und so etwas weniger fremd, etwas weniger bedrohlich zu machen.

Lea klopfte ihr auf den Hals und sah, dass ein Junge ihr zuschaute. Sie glaubte wenigstens, dass er ihr zuschaute. Eigentlich blickte nur eines seiner von dicken Brillengläsern vergrößerten Augen in ihre Richtung. Er schielte und er war groß und pummelig. Sein T-Shirt war schmuddelig. Er trug einen Schlüssel an einer Schnur um den Hals.

Zuerst war es nur der Schlüssel, ein Sicherheitsschlüssel, der Lea in einem kurzen Augenblick eine lange Geschichte erzählte. In der Geschichte kam eine leere Wohnung vor, niemand da, alle weg, alles still.

Lea lächelte dem Jungen zu.

Der Junge kam etwas näher.

»Ist das Ihr Pferd?« Seine Stimme war merkwürdig heiser.
»Ja, das ist mein Pferd. Gefällt es dir?«
Der Junge nickte. »Wie heißt es?«
»Florabella. Du kannst sie streicheln.«
Er kam gerade so nah, dass er Florabellas Hals mit ausgestrecktem Arm berühren konnte. Es war eine furchtsame und andächtige Geste.
Auf die gleiche scheue Art fuhr er später, nachdem Lea ihm einen Striegel in die Hand gedrückt hatte, hingebungsvoll über den Pferdeleib.
»Wie heißt du?«
»Kai Wohlrab.« Er nannte seinen Namen, als sei er in der Schule aufgerufen worden, und fragte dann schüchtern: »Und Sie?« Mit dieser Heiserkeit, die in Lea die Vorstellung weckte, seine Stimmbänder hätten lange unter Wasser gelegen und seien von Muscheln und Algen überwachsen wie ein vor langer Zeit gesunkenes Schiff.
Es gefiel ihr, dass er nicht nur gehört werden wollte, sondern auch hören. Er hatte nicht aus Höflichkeit nach ihrem Namen gefragt – diese Art von Höflichkeit kannte er wahrscheinlich gar nicht. Er wollte ihn wirklich wissen, genauso, wie er später andere Dinge von ihr wissen wollte.
»Haben Sie keinen Mann?«
»Ich hatte einen. Jetzt habe ich keinen mehr.«
Sie schwiegen beide, und ihr Schweigen wurde zu einem Raum, in dem sie sich trafen, ähnlich dem Schweigen, das sich manchmal zwischen Mensch und Pferd

ergab, wenn Florabella nach einem langen Ritt noch eine Weile bei Lea blieb, anstatt sich dem Heu zuzuwenden, das Lea für sie aufgeschüttet hatte. Mensch und Pferd beieinander, die Köpfe zueinander hingeneigt, wie um einander besser hören zu können. Der Mensch sagte nichts und das Pferd sagte nichts, und doch hörten sie einander zu, beide mit halb geschlossenen Augen – es mochte die stille Eintracht sein, die die Lider schwer machte, das träge Einverstandensein mit dem Dasein des andern oder auch nur die Müdigkeit nach dem langen Ritt.

»Wohnst du hier?«

»Meine Oma. Die Straße runter wohnt meine Oma. Zum Wochenende gehen wir immer zu meiner Oma. Aber wir dürfen nicht mehr beide auf einmal. Auf einmal kann sie nicht mehr. Dann gibt es Streit. Das ist ihr zu viel. Jetzt gehn wir abwechselnd, einmal ich, einmal mein Bruder. Dieses Wochenende ist mein Bruder dran.«

Florabella wandte ihm den Kopf zu. Er fuhr zurück, stand da, die Hand mit dem Striegel halb erhoben. Der Schlüssel baumelte an seiner Brust.

Herrn Sauerweins Gesicht am Fenster war nur noch ein fahler Fleck.

»Mein Bruder ist schon vierzehn, zwei Jahre älter als ich, aber viel kleiner.«

Kai sah auf die Uhr.

»Zu Hause haben wir zwei Kaninchen, eins gehört mir, eins meinem Bruder. Sie heißen Asterix und Obelix.«

Bald wusste Lea, dass das eine Eigenart von Kai war, dieser schnelle Blick auf die Uhr mitten im Reden, als habe er es eilig, als müsse er irgendwohin. Sie gewöhnte sich daran, wie sie sich an die Heiserkeit gewöhnte und an die Atemlosigkeit, mit der er redete. Meistens klang es so, als wäre er gerade schnell gelaufen und eben erst angekommen. Manchmal beruhigte sich der Atem, dann wieder kam er nur noch stoßweise und Kai keuchte wie unter der Last eines viel zu schweren Sacks.

Er versuchte es zu unterdrücken, aber Lea hörte es deutlich, als er zum ersten Mal hinter ihr auf Florabella saß.

Sie war die Straße hochgeritten bis zum Mäuerchen hinter der *Krone*. Er war nebenhergelaufen.

»Du kletterst auf das Mäuerchen, und von da aus steigst du gemütlich aufs Pferd. Halt dich an mir fest.«

Er war unbeholfen auf das Mäuerchen gestiegen und hatte eine Weile dagestanden. Die Eulenaugen hinter der Brille waren noch größer gewesen als sonst, das Schielen noch verzweifelter. Dann war er mit einem Plumps auf Florabellas Rücken gelandet.

Er hatte sich überwunden, aber den schweren Atem konnte er nicht unterdrücken.

»Halt dich an mir fest. Du kannst dich ruhig an mir festhalten.«

Kai hielt sich an Leas Jacke fest. Er hatte sie fast vom Pferd gerissen, nachdem er den Sprung gewagt hatte. Er hatte das Gleichgewicht verloren und wäre beinahe wieder hinuntergefallen. Dennoch hatte er es vermieden, ihren Körper zu berühren und nur nach der Jacke gegriffen. An dem Stoff der Jacke hielt er sich auf beiden Seiten krampfhaft fest.

»Sitzt du gut?«

»Ja.« Es klang nicht sehr überzeugt.

»Kann es losgehen?«

»Ja.« Nicht überzeugt, aber tapfer.

Florabella setzte sich in Bewegung.

Lea hörte den schweren Atem hinter sich.

»Keine Angst. Halt dich einfach an mir fest. Halt dich gut fest und hab keine Angst.«

Lea wusste, dass es sinnlos ist, einem Menschen, der Angst hat, zu sagen, er soll keine Angst haben, darum erzählte sie Kai etwas, damit er seine Angst vergaß, erzählte ihm von Florabella und ihren Ängsten, davon, dass sie sich vor Wasser fürchtete, vor Bächen, Teichen und sogar Pfützen, vor Kanaldeckeln und Rosten auf der Straße, und dass sie scheele Blicke nach einem weißen Stück Papier oder einem grauen Stein am Wegrand warf. Lea erzählte alles Mögliche, nur nichts von ihrer eigenen Angst hinunterzufallen. Nichts davon, wie das war, als Florabella zur Zeit des Wieherns in die Fremde hinein auf dem Rückweg immer schneller geworden war, nicht bloß so wie alle Pferde – immer drängt es sie zurück zum Stall oder zur Weide –, sondern wie eine Hausfrau, die meint, sie habe das Gas brennen lassen. Bloß schnell zurück, schnell, schnell. Lea hatte die Zügel kurz genommen. Nichts zu machen. Erst war der

Hals lang geworden, hatte widerspenstige kleine Wellen geworfen, und dann hatte das Biest angefangen, mit dem Kopf zu schlagen. Rauf mit dem Kopf, runter mit dem Kopf. Und die Beine hasteten. Stolperten. Hasteten weiter. Lea hatte es mit einem Klaps auf den Hintern versucht. Die Antwort war ein Buckeln gewesen, nur ein kleiner Hüpfer, aber der hatte Lea bedenklich gestimmt und das hatte Florabella gespürt. Sie war weitergerast, gestolpert, mit den Vorderbeinen eingeknickt, ausgerutscht. Beinahe wären sie den Abhang hinuntergefallen. Und wieder ein Klaps und wieder ein Hüpfer. Da hatte Lea es mit der Angst bekommen: Wenn ich klapse, buckelt sie. Wenn sie buckelt, falle ich vielleicht runter. Und das in meinem Alter. Sie hatte es mit Zureden versucht, ist gut, ist ja guut, langsam, mach laangsam, die Stimme dunkel und beruhigend, die Seele hart bedrängt von einem ganzen Tross von Erinnerungen, die alle mit irgendwelchen Stürzen zu tun hatten, eigenen und fremden, manch einer hatte sich den Hals gebrochen bei einem Sturz vom Pferd, reg dich nicht auf, ist gut, ist ja guut. Florabella hatte sich nicht täuschen lassen, war weitergehastet, ohne sich um die gefälschte Stimme zu kümmern. Links die Gartenzäune, rechts der Abgrund. Lea war verstummt und hatte sich verzweifelt mit den Vorstellungen herumgeschlagen, was alles passieren konnte, wenn man dort hinunterstürzte, obwohl es eigentlich nur ein Abhang war, im Grunde nicht viel mehr als eine Böschung. Irgendwie war es ihr gelungen, sich zu befreien. Sie wusste nicht, wie, wusste auch nicht mehr, was sie *getan* hatte, wusste nur noch, dass das Pferd den Wandel bemerkt und seinen Schritt verlangsamt hatte, nicht so, wie sie es gern gehabt hätte, aber doch so, dass sie beide sicher zum Stall zurückgekommen waren, wo Florabella sich sogleich ihrem Heu zugewandt hatte. Und wenn sie einander an jenem Abend auch nicht sonderlich zugetan waren, so war dieser Kampf doch ein für alle Mal ausgestanden. Keine Heimwärtsraserei mehr.

Sie ritten langsam den Berg hinauf, vorbei an der auf halber Höhe stehenden kleinen Kirche, in den sonnendurchfluteten Wald hinein.

Am Wegrand entrollten sich die ersten Farne, vielstimmiges Vogelzwitschern erfüllte die Luft, und Lea sah sich im Geiste als Ritter, der mit seiner Schönen im Rücken von einer Burg zur anderen zog, als Kai heiser, aber nicht mehr atemlos verkündete: »Meine Mutter ist spastisch und mein Vater hat ein Bein ab.«

Seine Hände hielten die Jacke nur noch locker, und dann ließ er ganz los, weil er die Hände zum Erzählen brauchte, von den Eltern, die beide schaffen gingen, im Krankenhaus, wo die Mutter in der Küche half und der Vater aufpasste. Es dauerte eine Weile, bis Lea begriff, dass er Pförtner war. Er war aber nicht Kais richtiger Vater, und Kai war zu früh auf die Welt gekommen und hatte im Brutkasten gelegen. Lea sollte wissen, dass er nicht erkältet war, immer dachten die Leute, er sei heiser, weil er erkältet war.

»Ich bin aber nicht erkältet. Es kommt von den Schläuchen, wo ich als Baby im Hals hatte.«
Außerdem hatte er Asthma. Er hatte Asthma und sein Bruder auch, und die Oma gab ihnen Endrine, wenn sie einen Anfall hatten.
Oben auf der Kreuzwiese blieben sie stehen und schauten auf das flache, sonnenbeschienene Land hinunter. Es war diesig. Die Tannen dunkle Inseln im jungen Grün. Ein Specht klopfte. Der verwilderte Flieder duftete. Das Goldene Kreuz, das der Zar einst zur Erinnerung an seine Schwiegermutter hatte errichten lassen, leuchtete in der Sonne.
»Gefällt es dir?«
»Ja«, sagte Kai. »Vom Pferd sieht alles anders aus. Man guckt von oben. Es ist, als ob einem die Welt gehört. Wenn ich das meinem Bruder erzähle.«
Sie stiegen den Hügel hinunter. Kai stemmte sich mit beiden Händen gegen den Sattel, um Leas Rücken nicht zu nahe zu kommen. Noch lange scheute er vor jeder Berührung zurück. Wenn Lea ihn anfasste, wurde er steif. Oder er wich zurück und war auf einmal wie nicht vorhanden. Nur Florabella streichelte und striegelte er bald ohne Scheu, stand dicht bei ihr, die freie Hand auf ihrem Hals.
Sie bogen wieder in den Wald ein. Es ging leicht bergauf.
»Wolln wir mal ein bisschen traben?«
»Wenn das nicht zu viel ist für Florabella.«
»Nur bis zum Teich. Halt dich an mir fest.«
Missmutig trabte Florabella den Weg hoch. Es war

die falsche Richtung. Der Weg führte weg vom Stall und der Stall war schon so nahe gewesen. Das gefiel ihr nicht. Die Ohren waren störrisch und der Hals lang, aber sie trabte. Die Hufe klapperten auf dem Schotterweg.
Lea saß den Trab aus, damit Kai sich festhalten konnte. Sie wandte den Kopf nach hinten.
»Und? Geht es?«
»Es geht.«
Er klammerte sich so fest an ihre Jacke, dass sie ihr über die Schultern rutschte, bei jedem Schritt ein bisschen mehr. Es zerrte und zog an ihr, und dann hörte es plötzlich auf. Kai hatte sich in die Bewegung hineingefunden.
»Aber Galopp machen wir heute noch nicht.«
»Nein, Galopp machen wir heute noch nicht.«

III

Florabella hatte das Schurren des Tors gehört und streckte erwartungsvoll den Kopf zum Stallfenster hinaus. Das aufmerksame Pferdegesicht mit den gespitzten Ohren und den bebenden Nüstern. Manchmal auch ein lautes Wiehern, aber meist gab es nur diese verhaltene Begrüßung: ein leises Schnauben.
Lea streckte die Hand aus und der Pferdekopf senkte sich langsam über die Mohrrübe, die Nüstern streiften die Handfläche, erst der Atemhauch, dann die Berührung der behutsam zupackenden Lippen. Und dann Herr Ostendorf. Im Arbeitsanzug, mit der Mistgabel in der Hand, auf Lea zueilend, der schwere, behende Körper, dessen Füße den Boden kaum zu berühren schienen. In gehobener Stimmung. Zum Reden aufgelegt. Und die Stalltür durch den Schubkarren verstellt.
»Ich war Busschaffner. Davon habe ich Frau und vier Kinder ernährt.«
Hinter dem Fenster des Wohnhauses Herrn Sauerweins bleiches Gesicht. Er hatte irgendeine Krankheit und konnte das Zimmer nicht mehr verlassen. Ostendorf leistete ihm irgendwelche Dienste. Dafür durfte er die Stallungen benutzen.

»Das war ein hartes Brot. Wir hatten ja Schichtdienst. Manchmal zehn, zwölf Stunden auf den Beinen. Und mehr.«

Lange her. Aber Lea hatte es noch so deutlich im Ohr wie die Stimme ihrer Mutter: Noch jemand ohne Fahrschein? Manche sangen es, machten ein Lied daraus, eine kleine Pause nach dem Noch und dann die bis zum strengen Höhepunkt ansteigende Stimme. Sie gingen durch den Bus mit einem Ding vor dem Bauch, das seinen Namen schon verloren hatte. Es war aus Metall und hatte Röhren für die Fünfer, Zehner, Fünfziger und Markstücke, und wenn sie einen Fahrschein von einem der kleinen Blocks in ihrem Mäppchen abgerissen hatten, klemmten sie das Mäppchen unter die Achsel, drückten mit dem Daumen auf die Hebel unter den Röhren und fingen das herausfallende Wechselgeld mit der Handfläche auf. Noch jemand ohne Fahrschein? Ostendorf hatte es vielleicht mehr gebellt als gesungen. Aber bestimmt war auch er ein wenig breitbeinig gegangen wie auf einem Schiff und hatte sich dabei rechts und links von den Sitzen abgestoßen. Oder er hatte sich an den von der Decke herabhängenden Lederschlaufen entlanggehangelt, aber bestimmt hatte er seine Busse im schwankenden Gang der Seeleute durchquert.

»Ich habe mich hochgedient. Zuletzt war ich bei der Fahrplanerstellung tätig.«

Hinter dem Schubkarren Florabellas weiße Rundungen, der Schweif in Bewegung, kein heftiges Schlagen, nur ein kleines nervöses Pendeln. Und Ostendorf nicht bloß zum Reden aufgelegt, einfach so, ein bisschen reden, ein bisschen was erzählen und dann ist gut. Er wollte sich aussprechen, grundsätzlich aussprechen.

»Ich bin mein Vater wie gespuckt ... Leider!«

Noch jemand ohne Fahrschein?

Lea wollte weg. Reiten. Im Wald sein. Aber so, wie er »Leider!« gesagt hatte, mit gepressten Lippen und wehem Blick, fühlte sie sich verpflichtet zu fragen: »Warum leider?«

Und das war alles, was er wollte. Sonst brauchte sie nichts mehr zu sagen. Er wollte ein Ohr, gehört werden, nicht hören.

»Er hat schlimme Sachen gemacht, als Gauleiter unterm Adolf, schlimme Sachen. Dafür hat er im Gefängnis gesessen!« Er sagte es mit Genugtuung, und Lea hatte einen Moment lang die Hoffnung, das wäre es jetzt gewesen, und machte eine Bewegung zur Stalltür hin, doch Ostendorf rückte augenblicklich nach. »Ich habe überhaupt nur noch mit ihm zu tun, damit die Leute nicht reden.«

Es ging ans Eingemachte. Ostendorf Kalle stieg in seinen Keller hinab, um die stinkenden alten Marmeladengläser zu öffnen.

»Als der Krieg aus war, brach eine Welt für mich zusammen. Mit siebzehn habe ich mich gemeldet. Mit zwanzig bin ich zurückgekommen. Da ist eine Welt für mich zusammengebrochen. Ich bin ja in die Bewegung hineingewachsen. Ich war ein glühender Nationalsozialist.«

Er wollte sich nicht nur aussprechen. Er wollte beichten. Dass sie seine Beichtmutter sein sollte, merkte Lea erst, als die Beichte bereits in vollem Gange war. Er klagte sich an. Er sprach mit einer Stimme, als schlüge er sich an die Brust. Seine Augen füllten sich mit Tränen.

»Wir haben den Juden Abraham angespuckt! Das war ein alter Mann mit einem langen weißen Bart.«

Er machte einen Schritt auf Lea zu, die sich in die Stalltür zurückgezogen hatte, bis sie an den Schubkarren gestoßen war und sich im Geiste als Priester sah, der aus dem Beichtstuhl wegrennen wollte und nicht konnte, weil das Beichtkind ihn am Rockzipfel gepackt hatte.

»Ich habe den Juden Abraham angespuckt! Wie die andern! Wir haben ihn angespuckt, bis er weggekommen ist, der alte Mann. Er hatte einen Laden, da, wo jetzt das Papiergeschäft ist.«

Seine Augen schwammen in Tränen. Der eine Träger seiner Latzhose war ihm über die Schulter gerutscht. Unter der Latzhose trug er ein kariertes Hemd, das frisch gebügelt war. Er rückte den verrutschten Träger zurecht und machte noch einen Schritt auf Lea zu, die den Geruch nach Weichspüler einatmete, der seinem Hemd entströmte. Sie konnte seinen Anblick nicht mehr ertragen und schaute zu Boden, wo ihre und seine Stiefel voreinander standen, die seinen sauber, die ihren voller Dreckspritzer.

Lea wurde flau im Magen. Da, wo das Papiergeschäft war, wohnte Herr Ostendorf. Es war sein Haus oder das seines Vaters, den sie dort einmal im Hof hatte sitzen sehen: ein lieber alter Mann, der das kleine, verhutzelte Gesicht in die Frühlingssonne hielt.

»Ich war in einer Napola. Wissen Sie, was das ist?«

Lea nickte, wollte etwas sagen, kam aber nicht zu Wort. »Dort wurde die Blüte der Jugend erzogen!«

Das flaue Gefühl im Magen verstärkte sich.

»Ich bin meine Mutter tätlich angegangen, weil sie mitgeholfen hat, einen Juden aus der Verwandtschaft zu verstecken. Das werde ich mir nie verzeihen!«

Er wollte nicht nur beichten. Er wollte freigesprochen werden.

Mit einem Ruck stellte Lea den Schubkarren beiseite, um in den Stall zu gehen und Florabella hinauszuführen, zu striegeln und zu satteln. Bloß weg. Herr Ostendorf öffnete das Tor für sie und wünschte ihr schneidig einen guten Ritt. Lea bedankte sich, ohne ihn anzusehen, und ritt die Straße hoch, vorbei an dem Denkmal für die Gefallenen der beiden Weltkriege, hinauf in den Frühlingswald.

Die Sonne schien. Die Vögel zwitscherten. Vom Ort drang Glockenläuten herauf.

IV

Auf dem Hof stand eine hagere Frauengestalt mit einem Kind an der Hand, aufrecht und reglos, in der Nähe von Herrn Sauerweins leerem Fenster.
Herr Ostendorf kehrte vor den Ställen, aus denen neben dem vertrauten weißen ein brauner Pferdekopf herausschaute. Herr Ostendorf trug seinen Arbeitsanzug und hatte das graue Haupt tief über den Besen geneigt, als horche er auf die Marschmusik, in deren Takt er fegte.
Lea ging auf den Braunen zu.
Herr Ostendorf sah sie und stellte den Besen an die Wand.
»Möchte Sie mit meiner Frau bekannt machen. Meine Frau, mein Enkel … Frau Abendschein.«
Lea und Frau Ostendorf gaben sich die Hand. Lea sah in ein verhärmtes, von grauen Löckchen umrahmtes Gesicht. Sie drückte eine Hand, die widerstandslos in der ihren lag.
»Es freut mich, Sie kennen zu lernen«, sagte Lea.
»Ja«, sagte die Frau.
Der kleine Junge schaute zu dem Braunen hinüber, der angespannt zum Tor blickte.
»Hab ich heute erst geholt. Muss sich eingewöhnen.

Hab ich für meinen Enkel gekauft … Mal weitermachen.«

Herr Ostendorf kehrte zu dem Besen zurück, und Lea stand vor der Frau, die sich nicht rührte und nichts sagte, die Hand fest um die ihres Enkels geschlossen.

Das Kind zog stumm in die Richtung des Braunen.

Die Frau starrte vor sich hin.

Lea wusste nicht, was sie noch sagen sollte. Einen Augenblick lang hatte sie das Gefühl, die Zeit sei stehen geblieben und sie dazu verdammt, ewig hier zwischen diesem Paar zu sein, dem schweren, schwungvoll kehrenden Mann in der lose sitzenden Latzhose und der mageren Frau in Faltenrock und Bluse. Sie wandte sich ab und ging auf den Braunen zu.

»Wie heißt er denn?«

»Zorro.«

»Sieht aber nicht aus wie ein Zorro. Eher wie ein Bauernbursche … Zorro«, sagte Lea. »Bist du fremd hier?«

Das Pferd senkte den Kopf. Lea spürte seinen Atem an ihrem Hals.

»Wie alt ist er?«

Herr Ostendorf kehrte das Stroh auf die Schippe.

»Vierzehn, fünfzehn. War Schulpferd. Kann man jedes Kind draufsetzen.«

Lea sah zu dem kleinen Jungen hin. Herr Ostendorf folgte ihrem Blick.

»Meine Frau hat Angst vor Pferden.«

Lea streckte langsam den Arm aus und hielt die offe-

ne Handfläche unter den kleinen, stoppeligen Kinnwulst des Pferdes.
Herr Ostendorf nahm den Schubkarren auf und fuhr ihn über den Hof.
Lea sprach leise zu dem Braunen mit der breiten Brust. Sie redete zu den unglücklichen Ohren hin, bis die Lider schwer wurden. Ein Zucken durchlief die zarte Haut unter dem Auge, aus der drei oder vier lange, leicht gekrümmte Haare herauswuchsen, und das Kinn senkte sich sacht in Leas Handteller.

V

Ostendorf war verschwunden.
Lea hatte die Stallarbeit übernommen. Ostendorf junior hatte sie darum gebeten. Mit seinem Söhnchen auf dem Arm war er auf dem Hof erschienen. »Mein Vater lässt Sie fragen, ob Sie eine Zeit lang die Stallarbeit übernehmen können.«
Ostendorf junior hatte nichts erklärt. Lea hatte nichts gefragt. Sie wusste, was sie zu tun hatte, und es war gut, es zu tun, jeden Tag, immer das Gleiche. Den Schubkarren holen, der umgekippt bei dem Misthaufen an der Brandmauer der *Krone* lag. Mit dem Schubkarren zu Florabellas und Zorros Ställen. Manchmal schob sie den Schubkarren im Laufen vor sich her, rannte, nachdem sie sich vergewissert hatte, dass der Alte ihr nicht zuschaute, juchzend mit der alten Blechkarre über den Hof, das Rad eierte, das Leben war schön, und niemand sagte, was machst du denn da, in deinem Alter! Es war eine Lust, zu leben und außer Atem bei Florabellas Stall anzukommen, sie beim Namen zu nennen, damit sie sich nicht erschreckte, wenn die Tür geöffnet und der Schubkarren im Stroh abgestellt wurde. Florabella trat von allein beiseite, Zorro erst, wenn sie ihm auf den

grobknochigen braunen Hintern schlug. »Mach mal Platz!« Der Pferdegeruch. Die jungen Schwalben in ihren Nestern. Ihr forderndes Zwitschern und die durch die Mauern gedämpften Geräusche aus dem Ort. Mit der Mistgabel ins Stroh fahren, immer an den gleichen Stellen. Immer die gleichen Bewegungen. Es tat gut, körperlich zu arbeiten und zu wissen, was als Nächstes getan werden musste. Erst misten, dann in die Scheune. Wenn die Sonne schien, tanzten Staubkörnchen in den Strahlen, die durch die Bretterritzen auf die Deichsel der zwischen den Scheunenbalken schlafenden Kutsche fielen.

Um an das Heu heranzukommen, musste Lea eine wackelige alte Leiter hinaufklettern, und jedes Mal erwartete sie, dass die Leiter umkippen und sie mit ihr abstürzen würde, aus der Höhe des Heubodens, ohne die Möglichkeit, sich irgendwo festzuhalten, und niemand da, der sie finden würde. Und immer füllte sie die Wassereimer so, dass sie auf dem Weg zu den Ställen überschwappten. Dann schaute sie zu, wie der Pferdekopf sich über den Eimer senkte, das Maul das Wasser ansog und Schluck um Schluck die Kehle hinunterkullerte, während der Eimer sich stetig leerte, bis der Kopf für einen Moment hochkam, um mit triefendem Maul und nach innen gewandtem Ausdruck zu verharren und sich langsam wieder über den Eimer zu senken.

VI

Der schnelle Blick auf die Uhr, von dem Lea sich immer wieder täuschen ließ.

»Musst du nach Hause?«

»Nein. Meine Mutter ist schaffen. Ich kann bleiben. Was machen wir jetzt?«

»Wir füllen die Eimer noch einmal auf.«

»Und dann?«

Abendschatten auf dem Hof.

Kai trug die leeren Eimer, in jeder Hand einen, ließ sie schlenkern, rannte ein Stück voraus, blieb stehen.

»Ich konnte nicht kommen, weil – ich hatte Stubenarrest.«

»Wir haben uns schon gefragt, wo du bleibst. Zorro war ganz traurig. Wo steckt denn der Kerle, wo steckt er bloß? Ich hab gesagt, das weiß ich auch nicht. Hoffentlich ist er nicht krank.«

Kai lachte. Es war nur ein raues Glucksen, aber sein Gesicht war einen Augenblick lang wie verwandelt.

»Ich war nicht krank. Ich hatte bloß Stubenarrest, mein Bruder auch. Wir hatten beide Stubenarrest.«

»Gibt es das noch? Ich dachte, das gibt es nicht mehr.«

Kai tat, als hätte er nicht gehört, drehte den Wasserhahn auf und fragte: »Hat Herr Ostendorf keine Weide?«

»Nein, nur die Ställe.«

»Dann hat Zorro ja dauernd Stubenarrest.«

»Stallarrest«, sagte Lea.

Kai drehte den Wasserhahn zu, bevor der Eimer so voll war, dass er auf dem Weg zu den Ställen überschwappen würde.

»Willst du ihn ein wenig im Hof herumführen?«

»Ich kann es versuchen«, sagte Kai, und Lea hörte die Angst heraus, Kais Angst, die immer da war oder fast immer, die zu ihm gehörte, in seinem plumpen Körper hauste, ohne je herauszukommen, und sich nur manchmal in seiner Frage zeigte, Kais Frage, die Frage aller Fragen: »Und dann?«

Immer wollte er wissen, was *dann* kommen würde, nach dem, was jetzt war, was sie als Nächstes tun, wohin die nächsten Schritte gehen würden, und wenn er auch die übernächsten und die überübernächsten kannte, war er einigermaßen beruhigt. Es machte ihm Angst, etwas auf sich zukommen zu lassen, als könnte es nur böse Überraschungen geben, nichts als Räuber im Wald und keine Sträucher mit süßen Beeren, keine Quellen, keine Hütte, in der man freundlich aufgenommen wurde, nichts als Überfälle.

»Und dann?«

Die Antwort war wie ein Amulett gegen all das Schreckliche, das jeden Augenblick geschehen konnte, ein über einen Abgrund von Ungewissheit gespanntes Seil, an dem er sich entlanghangeln konnte.

Mit Euleneugen sah er Lea zu, wie sie Zorro das Halfter anlegte und ihn auf den Hof führte.
Der Braune war aufgeregt und tänzelte mit erhobenem Schweif und gespitzten Ohren – jetzt losstürmen, im Galopp zur Mauer, zur Scheune, egal wohin, bloß laufen und buckeln und auskeilen, einfach so, einfach nur so. Aber er beherrschte sich, so wie er sich jeden Abend beherrschte, wenn er, anders als alle Pferde, die Lea je gekannt hatte, seinen Hafer nicht ganz auffraß, sondern ein wenig übrig ließ, eine Reserve für die Nacht oder den nächsten Morgen. Er lief gutmütig neben dem Jungen her, der den Führstrick umklammerte und immer wieder den Kopf nach ihm wandte, wobei er jedes Mal aus dem Tritt kam. Die beiden übereinander fallenden Schatten auf dem von der Abendsonne beschienenen Hof, ungeschlachte Riesen, die sich an der Brandmauer der *Krone* hinauf- und hinunterbewegten. Das hinter der Scheibe des Wohnhauses verschwimmende kleine Gesicht. Die raue Stimme, die zu dem Pferd sprach, das diese Stimme kannte, sie hatte schon oft zu ihm gesprochen, und es achtete darauf, dem Jungen nicht auf die Füße zu treten. Das Klappern der Hufe wurde regelmäßiger.
»Das hat er gebraucht«, rief Lea Kai zu. »Er muss raus. Er braucht Bewegung.«
Kai hielt den Führstrick jetzt lose in der Hand. Auf seiner Brust baumelte heiter der Schlüssel.
»Ihr passt gut zusammen, ihr beiden.«
Kai lächelte versunken.

»Komm, wir machen einen kleinen Ausritt.«
Kai erstarrte und blieb stehen. Das Klappern der Hufe hörte auf. Zorro senkte den Kopf, um Kai auf die Schulter zu blasen.
»Nur im Schritt.«
»Herr Ostendorf würde das bestimmt nicht erlauben.«
»Doch, Herr Ostendorf hat auch gesagt, dass er Bewegung braucht, und wenn ich jemanden weiß –«
»Aber ich kann nicht reiten.«
»Doch, du kannst es. Du bist jetzt schon so oft mit mir geritten. Du kannst alles, Schritt, Trab, Galopp. Dein Körper hat es gelernt, auch wenn du es noch nicht weißt, dein Körper weiß, wie es geht. Du brauchst bloß die Zügel in die Hand zu nehmen, Kai. Und wenn Florabella vorgeht, läuft Zorro sowieso hinterher.«
Zorro stupste Kai an, scharrte in verhaltener Ungeduld und stand dann wieder still, breitbrüstig und mit dem törichten Gesichtsausdruck eines gemütvollen Bauern, der das Seine gesagt hat.
Kai strich ihm mit der freien Hand über den Hals. »Aber nur im Schritt.«
Lea sattelte die Pferde.
Die Sonne verschwand, das Licht erlosch.
Hoffnungsvoll sagte Kai. »Es wird bald dunkel.«
Lea sagte: »Noch lange nicht«, und drückte ihm die Zügel in die Hand. »Greif in die Mähne. Erst den linken Fuß in den Steigbügel. Halt dich an der Mähne fest.«

Keuchend wuchtete Kai sich auf Zorros Rücken.
Lea zeigte ihm, wie man die Zügel hält.
»Alles klar?«
Ohne die Zügel aus der Hand zu lassen, rückte Kai die Brille zurecht, die ihm auf die Nase gerutscht war.
»Wenn das bloß keinen Ärger gibt.«
Lea ritt voran, die Straße hoch, vorbei an dem Alten, der in seinen heruntergetretenen Pantoffeln auf die *Krone* zuschlurfte.
Florabella bog schon von alleine in den Waldweg ein.
Zorro folgte.
Amseln sangen Abendlieder.
Glocken läuteten.
Der Flieder über der Kreuzwiese war schon verblüht, das Gras saftig grün. Am Waldrand blühten Glockenblumen.
Verantwortungslos, dachte Lea. Wie kann man nur so verantwortungslos sein. Was ist, wenn er runterfällt? Dann bin ich schuld. So, wie er dasitzt, wie ein Affe auf dem Schleifstein. Wie konntest du nur? Dieser unglückliche Buckel.
»Kai, mach die Beine lang!«
Auf dem breiten Waldweg gingen Florabella und Zorro nebeneinander, beide heiter, kräftig ausschreitend und hin und wieder die Köpfe zueinander wendend, wie Mann und Frau, die einander bisher nur als Nachbarn kannten und jetzt zusammen im Park spazieren gehen, wobei sie sich so angeregt unterhalten, als wären sie alte Freunde, die sich lange nicht gesehen haben.

»Weißt du, was sie neulich mit mir gemacht hat? Ich habe sie grasen lassen, hinten auf der kleinen Wiese über den Wasserreservoirs. Ich habe ihr das Zaumzeug abgenommen, mich in die Wiese gelegt und in den Himmel geschaut.« Mit schwarzen Gedanken. Aber davon sagte Lea nichts. Kai brauchte nicht zu wissen, wie schwarz die Gedanken waren, mit denen sie in die weißen Sommerwolken geschaut hatte. »Florabella hat ihr Gras gerupft – hast du schon mal gesehen, wie sie es mit einem Ruck abreißen? Sie umfassen es sanft mit den Lippen und rupfen es dann energisch ab … Plötzlich merke ich, dass sie mit jedem Maul voll Gras weiter weggeht. Ich stehe auf. Zu spät. Sie ist schon am Wegrand. Ich greife nach dem Halfter. Sie weicht aus. Ich rufe. Sie tut, als hört sie nicht. Damit habe ich nicht gerechnet. Als ich zum Stall kam, hat sie mir noch freudig entgegengewiehert. Und jetzt? Jetzt seh ich einen weißen Hintern, der sich entschlossen entfernt. Ich hinterher. Sie fängt an zu traben, dreht sich nicht um, trabt einfach los. Ich rufe wieder. Und glaubst du, sie ist stehen geblieben und hat auf mich gewartet? Davongaloppiert ist sie … Weg war sie. Und ich stapfe durch den Wald mit dem Zaumzeug über der Schulter.«
Kai lachte, der Hals wagte sich aus den Schultern heraus, der Rücken richtete sich auf.
»Endlich sehe ich etwas zwischen den Bäumen schimmern. Florabella, das Luder – zufrieden grasend. Ich schleiche mich von hinten an sie heran, ma-

che einen Satz, packe einen Steigbügel und denke, ich hab sie. Aber wenn es darauf ankommt, ist so ein Pferd immer schneller. Weg war sie. Und ich steh da mit dem Steigbügel in der Hand.«

Kai warf den Kopf in den Nacken und lachte aus vollem Hals, mit weit aufgerissenem Mund sein heiseres Lachen. Die Pferde hörten es und ließen die Ohren spielen, das Glockenläuten aus dem Dorf verklang mit einigen lang gezogenen, dunklen Schlägen.

»Da waren Sie wütend, was?«

»Und wie. Aber weißt du, wenn man sich von seiner Wut leiten lässt, hat man schon verloren.«

Sie hatten den Teich erreicht, der irgendwann in der Russenzeit angelegt worden war. Weiden, Eschen und Buchen säumten ihn, in dem schon abendlich dunklen Wasser spiegelten sich die alten Bäume.

Auf dem Fahrweg zum Schlösschen wurde das Hufklappern heller. Zorro und Florabella gingen nebeneinander her wie ein altes Gespann, in einträchtiger Ruhe, Seite an Seite, die Schritte aufeinander abgestimmt.

Lea schwieg, verschwieg schamhaft, dass sie Florabella hier am Teich ein letztes Mal gesichtet hatte, erst als weißen Fleck in der grünen Wiese, dann als reiterlos grasendes Pferd mit einem Sattel auf dem Rücken, von dem nur ein Steigbügel herabbaumelte.

Kai brauchte nicht zu wissen, dass sie wutentbrannt nach dem langen Marsch mit dem Zaumzeug über der Schulter und dem Steigbügel in der Hand durch das Gras gestiefelt war, auf Florabella zu, die gemächlich kauend den Kopf gesenkt hatte und ein paar Schritte weitergegangen war, weg von Lea.

»Man muss sich ihnen behutsam nähern, sonst …«

Dumm vor Zorn war Lea losgerannt, wie eine Furie auf das Pferd zu, das sich umgedreht hatte und davongaloppiert war.

»Pferde sind Fluchttiere. Einst hing ihr Leben davon ab, dass sie augenblicklich reagierten, wenn sie eine schnelle Bewegung spürten. Hast du schon mal gesehen, wie eine friedlich grasende Herde von einer Sekunde auf die andere flieht, wenn etwas sie erschreckt hat? Und alle in die gleiche Richtung!«

In einem der schon dämmernden Parterrezimmer des Schlösschens schimmerte ein aufgeschlagener Kalender auf einem verlassenen Schreibtisch.

Von irgendwo aus den Tiefen des Waldes kam der dunkle Ruf eines Käuzchens.

Etwas abseits vom Weg in einer Senke ergossen sich Fluten von Blauregen über die Mauern der alten Backsteinvilla mit den blinden Fenstern.

Auf der Wiese hinter dem Haus stand ein Kirschbaum mit schrundigem Stamm und tief hängenden Zweigen.

Lea ritt unter den Baum, stellte sich in die Bügel und pflückte die ersten Kirschen.

»Komm, du auch.«

Die Pferde standen still, die Kirschen waren dunkel und süß und die Welt war in Ordnung. Einmal fehlte nichts, alles war gut so, wie es war, und Kai hatte ein offenes Jungengesicht.

»Ihr Mund ist verschmiert.«
»Deiner auch.«
Die Farben wichen aus der Wiese. Ein Lüftchen strich über das Gras, das sich neigte und wieder aufrichtete. Die blaue Stunde hatte begonnen.
»Du kannst du zu mir sagen, wenn du willst.«
Sie ritten noch bis zu dem Fichtenwäldchen.
»Da kann man sich gut drin verstecken«, sagte Kai.
Die Zweige hatten frische grüne Spitzen und zwischen den dicht stehenden Stämmen dunkelte es schon. Die Dunkelheit stieg von dem mit trockenen Fichtennadeln bedeckten Boden auf und umhüllte die unteren Äste, die dürr und braun waren.
»Da findet einen niemand. Da ist man sicher.«
Zurück durch den dämmernden Wald, in dem eine gespannte Stille war. Kein Vogel sang mehr. Feuchtigkeit lag in der Luft. Dunst stieg zwischen den Hügeln auf.
Kai saß gelöst, mit plumper Anmut. Die Hände, die die Zügel hielten, hatten dunkle Flecken von den Kirschen.

VII

»Meine Mutter hat gesagt, ich soll sagen, Sie sollen zum Kaffeetrinken kommen.«
Ein schneller Blick in die Handfläche, in der Kai sich aufschrieb, was er nicht vergessen wollte. Immer war die linke Handfläche mit dem Kuli bekritzelt, den Kai in der Hosentasche trug.
»Wir stehen nicht im Telefonbuch. Wenn Sie ... du anrufst, müssen Sie dreimal klingeln lassen, auflegen und dann wieder anrufen. Das ist das Zeichen. Dreimal klingeln und wieder anrufen. Sonst geht meine Mutter nicht ran. Sie geht nur auf Zeichen ans Telefon.«

Es war ein Wohnblock, schäbig und glatt.
Kai öffnete die Tür.
Die Mutter saß im Wohnzimmer auf der Couch, klein und rundlich, eine hübsche Blondine vor dem gedeckten Kaffeetisch.
Lea hatte Blumen mitgebracht.
Kais Mutter nahm sie im Sitzen entgegen.
»Das wär aber nicht nötig gewesen. Kai, hol mal eine Vase.«
Der Tisch war nur für zwei gedeckt.

Kai war so verlegen, als ob Lea irgendeine Fremde wäre, eine Lehrerin vielleicht oder eine Frau vom Amt, in deren Gegenwart er sich unbehaglich fühlte. Lea ahnte, dass sonst niemand in die Wohnung kam.
»Mein Sohn hat viel von Ihnen erzählt.«
Er stand da wie in einer Luftblase, aber die Kaninchen wollte er unbedingt zeigen.
Die Mutter protestierte. »Es ist nicht aufgeräumt.«
Lea lächelte sie an. »Das macht nichts. Das macht gar nichts.« Und folgte Kai in das Zimmer, das er mit seinem Bruder teilte. Ein Schrank. Zwei übereinander liegende Betten.
»Oben schläft mein Bruder. Unten ich. Oben ist mehr Luft.«
Der Kaninchenkäfig unter dem Schülerschreibtisch. Das von Kai am Genick gepackte Kaninchen, hilflos strampelnd, mit angelegten Ohren in seine Arme geduckt.
Kais Mutter ordnete die Blumen im Sitzen.
Das Wohnzimmer war mit Möbeln voll gestopft. Großes dunkles Büfett. Schwere Vorhänge. Geschlossene Fenster. Und Lea alleine mit Kais Mutter.
Kais Mutter schenkte den Kaffee im Sitzen ein.
»Möchten Sie Milch?«
»Ja bitte.«
»Nehmen Sie Zucker?«
»Nein danke.«
Geschlossene Fenster, und draußen schien die Sonne, und draußen war weit weg. Irgendwo da draußen war das Leben, und in dem Wohnzimmer der Wohnung,

zu der der Schlüssel passte, den Kai um den Hals trug, wenn die Mutter arbeiten ging, kam die Nabelschnur zum Leben aus der Wand und schlängelte sich über den grauen Teppich zur Video-Anlage. Was hast du gemacht? Videos geguckt? Kennen Sie das mit dem Mann, hinter dem alle her sind? Das Milchkännchen kippte um. Kais Mutter musste aufstehen, und Lea sah, was sie nicht hatte sehen sollen: das ruckhafte Einknicken der Hüfte bei jedem Schritt, etwas wie eine unfreiwillige Verbeugung zur Seite hin. Lea tat, als hätte sie nichts gesehen, und Kais Mutter sprach davon, wie anfällig Kai war, ständig krank, eine Bronchitis nach der anderen.

»Dann hab ich ihn im Bett und ich muss doch schaffen. Und das Asthma. Immer wenn er von meiner Mutter kommt, hat er einen Asthma-Anfall.«

Es klang wie ein Vorwurf. Lea wusste nicht, was sie sagen sollte.

»Was meint denn der Arzt?«

Kais Mutter winkte ab. »Ach der.«

Sie hatte unschuldsvoll blaue Augen und einen erschrockenen Blick, und draußen schien die Sonne, und drinnen war es eng. Es war nicht viel Platz im Zimmer, die Luft war schlecht, das Atmen schwer, und Kai war nicht so oft bei der Großmutter wie sein Bruder. Max und die Oma waren wie ein Kopf und ein Arsch. Er war bald mehr bei der Oma als zu Hause. Daheim hielt es ihn nicht. Er war nicht daheim zu halten. Ständig auf Achse.

»Und jetzt hat meine Muter ihm auch noch ein

Mountainbike geschenkt. Das hat zweitausend Mark gekostet, zweitausend Mark. Das ist doch bekloppt.« Frau Wohlrab tippte sich an die Stirn und Lea zeigte sich entsetzt. »Zweitausend Mark!« Und dachte an die Ehrfurcht, mit der Kai ihr mitgeteilt hatte, wie teuer es gewesen war, das Mountainbike, das Max auf dem Hof vorgeführt hatte, eine Hand an der Lenkstange, die andere in der Hosentasche. Kleiner als Kai, stämmig und schon im Stimmbruch. Freches Gesicht. Katzenaugen, ohne Scheu und ohne Brille. Schon ein kleiner Mann.

»Ganz anders wie Kai. Max, der macht einen Aufstand, wenn ihm was nicht passt, dann heult und tobt er. Kai nicht – der fügt sich mehr. Ganz selten mal, dass er heult. Wenn mein Mann mich geschlagen hat, dann hat er geflennt. Was die Kinder durchgemacht haben.«

Frau Wohlrab war zum zweiten Mal verheiratet. Jetzt hatte sie einen guten Mann, aber ihr erster Mann, der Vater der Buben ... Frau Wohlrab machte zwei Gesten, die des Trinkens mit der linken Hand, die des Schlagens mit der rechten.

»Aber jetzt habe ich einen guten Mann. Er tut und macht, und er kümmert sich um die Buben, wie wenn es seine eigenen wären. Was die durchgemacht haben und ich auch. Sie können sich das nicht vorstellen. Das werd ich mein Lebtag nicht vergessen. So was kann man nicht vergessen. Auch wenn ich jetzt einen guten Mann habe. Der macht alles, geht einkaufen, macht und tut und alles mit seiner Prothese. Ich geh ja nicht raus, nur zum Schaffen und zurück. Er bringt die Videos weg und holt neue, der macht alles für uns.«

Lea fragte sich, wo Kai war, horchte zur Tür hin ... nichts.

Es war eine Stille in der Wohnung, als ob die Zeit stehen geblieben wäre. Draußen schien die Sonne, immer noch. Draußen ging das Leben weiter. Drinnen war alles sauber, kein Staub auf dem Büfett, dem Fernseher, der Video-Anlage, kein Fussel auf dem Teppich, alles peinlich sauber und ordentlich, nichts lag herum. Plötzlich fiel ihr ein, dass Kai auf seine Armbanduhr gesehen hatte, als er ihr die Tür aufgemacht hatte und sie einen Augenblick lang gedacht hatte, sie sei zu spät gekommen. Sie legte das Handgelenk zurecht, um heimlich auf die Uhr zu schauen, fand aber keine Gelegenheit und gab es wieder auf.

Die Fresien, die sie mitgebracht hatte, dufteten stark. Sie spürte, wie sie von Müdigkeit befallen wurde. Frau Wohlrab fragte, ob sie verheiratet sei. Sie erwiderte, sie sei verheiratet gewesen, und fing an, von ihrem Mann zu erzählen, aber Frau Wohlrab hörte nicht zu. Sie hatte Kinderlähmung gehabt, als sie vierzehn war. Die Kinderlähmung war falsch behandelt worden. So hatte Frau Wohlrab die Menschen kennen gelernt. Die Menschen waren schlecht.

»Sie können sich das nicht vorstellen. Wie die glotzen. Da bleib ich doch lieber daheim.«

Lea sprach davon, dass nicht alle Menschen gleich

sind, aber Kais Mutter winkte ab. »Ich hab sie kennen gelernt.« Und Lea hatte das Gefühl, dass das Zimmer sich um sie schloss wie eine Zwangsjacke. Es war Zeit zu gehen.

Unten auf der Straße blieb sie einen Augenblick lang aufatmend stehen wie jemand, der gerade aus dem Gefängnis entlassen worden ist.

VIII

Es war warm geworden.

Herrn Sauerweins Fenster stand weit offen, und sein Gesicht schaute ohne trennende Scheibe auf den Hof, rund und bleich im Tageslicht.

Vor den Ställen stand Herr Ostendorf mit einer Frau. Eines Tages war er wieder da gewesen und hatte den Hof gefegt und nichts erklärt, und Lea hatte keine Fragen gestellt. Äußerlich war er der Alte gewesen, in Latzhosen und Gummistiefeln wie immer, aber der Schwung war weg, er hatte nichts Behendes mehr und schien auch nicht mehr so viel Platz zu brauchen, keine ausgreifenden Bewegungen – still und in sich gekehrt hatte er seine Arbeit wieder aufgenommen. Nicht zum Reden aufgelegt. Nur als Lea ihm erzählte, dass Kai reiten gelernt hatte, verwandelte er sich für einen Augenblick in den alten Ostendorf Kalle zurück: »Was – der? Der hat doch mehr Angst wie Vaterlandsliebe!« Dann war er wieder in sich zusammengefallen. Und jetzt stand er vor dieser Frau und sah auf seine Schuhspitzen. Einmal nicht in Arbeitskleidung. Es war Sonntag und er trug eine graue Hose und ein kurzärmeliges Hemd.

Lea überquerte den Hof.
Florabella und Zorro streckten die Köpfe aus ihren Stallfenstern.
Kai und Max waren da.
Das Mountainbike lehnte an Zorros Stall.
Kai kam auf Lea zu. »Es gibt ein neues Pferd.«
Max grüßte Lea, ohne sie anzusehen. Die Katzenaugen starrten zu der Frau hinüber. »Geil.«
Die Frau trug eine verspiegelte Sonnenbrille, die ihr Gesicht so entpersönlichte wie eine Uniform. Es sah aus, als hätte sie kein Gesicht, nur Körper und Stimme. Sie war nicht mehr jung und sie war fett, aber sie zeigte ihr Fleisch selbstbewusst her. Eine rote Korsage presste die Brüste heraus und ein knallenges schwarzes Lederhöschen ließ die feisten Schenkel sehen. Etwas in ihrer Haltung erinnerte an ein kleines Mädchen, das weiß, es kann den Papi um den Finger wickeln. Sie redete und lachte, ein lang gezogenes, meckerndes Lachen, das schon von draußen zu hören gewesen war, etwas wie ein Medusengelächter in der sonntäglich verlassenen Straße.
Immer noch lachend griff die Frau mit beiden Händen in die Locken und schüttelte sie.
»Geile Kröte«, flüsterte Max.
Florabella zog den Kopf aus dem Stallfenster zurück. Ihre Ohren zuckten.
Die Frau trug das Haar offen. Es war sehr lang, rötlich und glanzlos wie eine Puppenmähne.
In dem Stall hinter ihr bewegte sich ein brauner Pferderücken mit Aalstrich, und in der Tür tauchte

ein Mädchen auf, eine knabenhafte Erscheinung in Reitstiefeln.
Herr Ostendorf hob den Kopf, grüßte Lea mit einem Nicken und wandte sich wieder seinen Schuhspitzen zu. Über ihm und der Frau kreisten die jungen Schwalben, die das Fliegen übten.
»Gehn wir doch mal rüber«, sagte Max und schlenderte los, Hände in den Hosentaschen.
Kai sah Lea an. Er sagte nichts, aber Lea verstand, dass er das Pferd anschauen wollte und dass sie mitkommen sollte.
Die Frau redete weiter, Herrn Ostendorf zugewandt, als gäbe es nur sie und ihn auf dem Hof. Hinter ihr stand das Mädchen, das offenbar etwas sagen wollte, und wartete, weder geduldig noch ungeduldig, wartete mit ausdruckslosem Gesicht und fuhr sich mit den Fingern durch das kurz geschnittene Haar.
Herr Ostendorf löste sich vom Anblick seiner Schuhspitzen. »Möchte bekannt machen, Frau Schneewind – Frau Abendschein. Unsere kleine Stallgemeinschaft hat Zuwachs bekommen. Frau Schneewind ist im Reisegeschäft tätig. Viel unterwegs. Habe versprochen, dass wir ihr Töchterchen unter unsere Fittiche nehmen.«
Schneewind. Lea erinnerte sich, irgendwo an irgendeinem Briefkasten diesen Namen gelesen zu haben, vielleicht an einem der neuen Häuser am Ortsrand, und jetzt war es diese Frau, die diesen poetischen Namen trug und diese knallharte Brille, mit der sie aussah, als wäre sie soeben in irgendeinem absurden Ge-

fährt eingeschwebt, von irgendwo aus dem Weltraum, irgendeinem erkalteten Planeten, gelandet auf diesem Hof, nicht zufällig an einem Sonntag, die Läden geschlossen, die Straßen leer – nur der ruhelose Greis, der sich die Treppenstufen der *Krone* hinuntertastete, während die anderen ihren Mittagsschlaf hielten, hatte alles gesehen und würde nichts sagen. Sie ließ die Locke fallen, die sie beim Reden um den Finger gewickelt hatte, und rief über die Schulter: »Sonja!«
Lea horchte ihrem Ton nach, der herrisch war, als hätte sie sich in der Zeit geirrt, und wunderte sich, dass jemand so schnell die Tonlage wechseln kann, vom werbenden Weib zur Herrin, die eine Dienerin herbeiruft. Und Lea wunderte sich noch mehr, als Sonja weder trotzig noch patzig mit dem gleichen unbewegten Gesicht, mit dem sie gewartet hatte, erwiderte: »Ich bin da.«
Und wieder ein Wechsel der Tonlage: »Herzchen, Frau Abendschein hat auch ein Pferd hier.«
Lea lächelte Sonja an. »Vielleicht können wir mal zusammen reiten.«
Sonja lächelte höflich zurück und sagte: »Ja, gerne«, in demselben sachlichen Ton, in dem sie sich an ihre Mutter wandte: »Der Sattel ist noch im Auto.« Und ihre Mutter zwängte die kleine sommersprossige Hand in die Tasche des schwarzen Lederhöschens und brachte den Autoschlüssel zum Vorschein.
Max erbot sich, beim Tragen zu helfen.
Lea sah den beiden nach, wie sie über den Hof gingen, Max klein und stämmig, die Hände in den Ho-

sentaschen vergraben, Sonja ihn überragend, vornübergebeugt neben ihm herstiefelnd, als wolle sie sich kleiner machen, während ihre Mutter, immer hinter der verspiegelten Sonnenbrille verborgen, davon plauderte, wie Sonja sie genervt hatte wegen des Pferdes, das irgend so einer Lehrerin gehört hatte und Sonjas Pflegepferd gewesen war.
»Ehemaliges Kutschpferd«, sagte Herr Ostendorf. »Schon zwanzig. Aber gut beieinander. Macht noch ein paar Jahre.«
»Dann sollte die versetzt werden und ich habe nur noch Fanny gehört. Fanny, Fanny, Fanny.«
Kai stand vor dem Stallfenster und sah zu der Stute auf, die mit hängender Unterlippe herausschaute.
»Ich konnte es nicht mehr hören. Da steht sie. Ich habe sie ihr zum Geburtstag geschenkt.«
Eine honigfarbene Stute, breitbrüstig und mit kurz geschnittener Mähne. Ein altes, erfahrenes Pferd, das den Ortswechsel hinnahm, ohne sich aufzuregen, und neugierig aus dem Stallfenster schaute.
Lea fragte, der wievielte Geburtstag es gewesen sei, und Sonjas Mutter erwiderte gleichgültig: »Der dreizehnte.« Dann wandte sie sich Herrn Ostendorf zu und tat, als gäbe es nur sie und ihn, und redete und lachte ihr Medusenlachen, das in immer kürzeren Abständen über den Hof gellte.
Herr Ostendorf versenkte sich wieder in die Betrachtung seiner Schuhe, und Lea sah zum ersten Mal, dass ihm ein Büschelchen weißer Haare aus dem Ohr wuchs, sah die kleinen, fleischigen Hände der Frau,

die das Haar schüttelten, kneteten, hinten zusammenfassten, sah die erhobenen sommersprossigen Arme und die ausrasierten Achseln, sah und wurde nicht gesehen, stand dabei, als wäre sie nicht vorhanden, und ahnte, warum die Tochter dieser Frau so in sich verkrochen wirkte, ohne jede Ausstrahlung, wohlerzogen, groß, schlank und lichtlos wie ein gefallener Engel.
Lea wandte sich ab.
Kai stand mit erhobenem Arm vor der Stute und wagte es nicht, sie zu streicheln.
Sonja und Max kamen zurück.
Max schleppte sich mit dem Sattel ab, den er nicht über dem Arm trug, sondern vor dem Bauch, so dass kaum noch etwas von ihm zu sehen war.
Sonja gab der Mutter den Autoschlüssel zurück. Die Mutter nahm ihn, ohne ihn einzustecken.
»Zufrieden, mein Mäuschen?«

IX

Sonjas Mutter ließ sich nicht mehr blicken. Sie tauchte nie wieder auf dem Hof auf und war trotzdem noch lange da. Es war etwas von ihr zurückgeblieben. So wie manchmal der Geruch eines Menschen noch in dem Zimmer hängt, das er schon vor einer Weile verlassen hat, war Frau Schneewinds Lache zurückgeblieben und hallte auf dem Hof nach, lang gezogen und meckernd wie das entleibte Gelächter eines Fabelwesens.

Herr Ostendorf umzäunte den freien Platz in der Mitte des Hofes. Die Pferde standen jetzt tagsüber draußen.
Zorro und Fanny hatten sich zusammengetan, verbunden durch die Farbe ihres Fells und die Schwere ihrer Leiber. Florabella war ausgeschlossen. Der traurig hängende Pferdekopf, die unglücklichen Ohren. Es war kein Trost für Florabella, dass Lea ihr den Hals tätschelte und zu ihr redete. »Fanny will ihn für sich. Da kann man nichts machen.«
Florabella hob nicht einmal den Kopf. Die Augen blieben halb geschlossen, der Blick stumpf.
Lea hatte es nicht gesehen, wie sie ausgestoßen wor-

den war, nahm aber an, dass es Fanny gewesen war und Zorro nur hatte geschehen lassen. Wahrscheinlich hatte Florabella sich ihm nichts ahnend genähert und war von Fanny vertrieben worden, hatte es nach einer Weile von neuem versucht, und wieder die angelegten Ohren, der vorschießende Kopf, vielleicht jetzt nicht mehr nur ihrer, sondern auch seiner.
Irgendwann hatte sie aufgegeben und ihren Platz im Abseits eingenommen. Die beiden sahen nicht zu ihr hin, und sie sah nicht zu ihnen hin, stand einfach da und trauerte, während Zorro und Fanny einander beknabberten oder sich Kopf an Schweif stellten, um einander die Fliegen wegzuwedeln. Der Misthaufen war gewachsen. Die Fliegen waren überall.

Kai hatte eine Bronchitis und musste zu Hause bleiben.
Manchmal war Max da, lässig auf seinem Mountainbike, einen Fuß auf dem Boden, den andern auf der Pedale. Die Hände an der Lenkstange, als wolle er gleich wieder fahren.
Er kam, sah sich um, als suche er etwas, und fuhr wieder. Lea nahm an, dass er Sonja suchte, bis sie bemerkte, wie gleichgültig er an Sonja vorbeischaute, wenn sie da war. Es war nicht die gespielte Gleichgültigkeit des Schüchternen – die Katzenaugen hatten etwas Hungriges, Sehnsüchtiges, Verlangendes. Er wollte etwas. Immer wieder ging sein Blick zu den leeren Ställen hin, obwohl es dort nichts mehr zu sehen gab. Selbst die Schwalben waren ausgeflogen, die Nester leer.

An die Stallwand gelehnt, hielt Lea einen Eimer mit Hafer so, dass Florabella das Maul hineinstecken konnte.
Es war Nachmittag, der Himmel trübe. Auf der Fernsehantenne des Wohnhauses saß eine Amsel und zwitscherte lustlos vor sich hin. Florabella kaute mit Wohlbehagen, den Blick nach innen gewandt. Gemächlich malmten die Backenknochen.
Das Hoftor schurrte.
Sonja, die auf einem umgekippten Eimer hockte, legte den Lappen weg.
Max radelte über den Hof auf sie zu und bremste scharf, als er vor ihr stand, stieg aber nicht ab.
»Wie? Alles klar?«
Sonja fuhr sich mit den gespreizten Fingern durch die Haarstoppeln.
»Alles klar.«
»Was machst du?«
»Ich öle Fannys Zaumzeug ein.«
Max schnüffelte. »Man riecht es.«
Florabella steckte den Kopf wieder in den Eimer.
Fanny und Zorro schauten neidisch zu, wie sie fraß.
Fanny fing an zu scharren. Sonja sah zu ihr hin.
»Fanny!«
Fanny hörte auf zu scharren.
Max ließ eine Hand in der Hosentasche verschwinden und erkundigte sich unvermittelt nach Sonjas Mutter.
»Ist unterwegs«, sagte Sonja gleichgültig.
»Ah, unterwegs«, sagte Max, nahm die Hand aus der

Hosentasche und kratzte sich am Kopf. »Wo denn so?«

»Brasilien.«

»Geil. Da wollte ich auch mal hin. Warum bist du nicht mit? Sind doch Ferien.«

»Kein Bock.«

»Ich wär mit. Brasilien ist geil. Ich hab's: Du musst für deinen Alten kochen.«

»Muss ich nicht. Mein Vater lebt nicht bei uns.« Sonja griff nach dem Lappen und wischte an dem Zaumzeug herum.

»Ey«, sagte Max. »Bist du ganz allein zu Haus?«

Sonja zuckte mit den Achseln. »Ich bin daran gewöhnt.«

Fanny fing wieder an zu scharren und Sonja runzelte die Stirn.

»Fanny!«

Florabella hörte auf zu kauen und ließ das Sonja zugewandte Ohr spielen. Auf der Fernsehantenne zwitscherte die Amsel.

»Und?«, fragte Max nach einer Weile. »Wann kommt sie wieder?«

»Ich glaube, am Sonntag.«

»Glaubst du – ey Mann, weißt du das nicht?«

»Doch, schon. Ich glaube, am Sonntag.«

Lea konnte sich nicht zurückhalten. »Aber heute ist doch erst Dienstag. Bist du so lange allein?«

Sonja wandte ihr das Gesicht zu und sah ihr in die Augen. »Das macht mir nichts aus. Ich bin daran gewöhnt.«

Lea ärgerte sich über sich selber, weil sie sich eingemischt hatte, und schwieg. Max wendete das Fahrrad.
»Ich mach mich fort.«
Ohne sich noch einmal umzusehen, radelte er über den Hof. Das Tor schurrte. Sonja sackte in sich zusammen. Ihre Hände hielten das Zaumzeug, als wüssten sie nichts damit anzufangen. Unter dem T-Shirt stachen die Schulterblätter hervor, verkümmerte Engelsflügelchen, zum Fliegen nicht zu gebrauchen.
Der Eimer war leer.
Lea stellte ihn auf den Boden, und Florabella steckte den Kopf hinein, ob nicht doch noch etwas drin war. Sonja griff nach dem Lederöl und stand auf.

Herr Ostendorf kam wieder aus sich heraus und kaufte zwei Haflingerstuten.
»Habe große Pläne mit ihnen. Werde Kutschfahrten anbieten. Hochzeiten fahren. So was gibt es hier noch nicht. Das fehlt hier.«
Er war wieder ganz der Alte, aufgeräumt, zum Reden aufgelegt, in gehobener Stimmung. Sein schwerer Körper tänzelte zu unhörbaren Märschen über den Hof, und als Sonja einmal einen jungen Mann mitbrachte, einen schwarz gelockten Mike, bellte er leutselig: »Junger Mann, hamse schon gedient?«
Er holte die Kutsche aus der Scheune und gab den Besen an Michael. Nie erfuhr Lea, wer Michael war, woher er kam und wohin er ging, wenn er nicht auf dem Hof war. Herr Ostendorf sagte bloß salbungsvoll: »Ich habe einen Helfer gewonnen.« Und Micha-

el nickte, schnell hintereinander, viele Male, mit offenem Mund, aus dem eine feuchte, blasse Zunge herausschaute.
Er kam jeden Tag und stand mit dem Besen herum, und manchmal kehrte er ein wenig, während Herr Ostendorf sich an der Kutsche zu schaffen machte. Und eines Abends, als Lea vom Reiten kam und im Vorübergehen zu Zorro hineinschaute, sah sie ein vertrautes, liebes Gesicht. Kai war wieder da. Er hatte die Arme um Zorros Hals geschlungen und die Wange an sein Fell geschmiegt.
»Kai!«
Lea ließ Florabella einfach stehen, rannte in Zorros Stall und riss Kai in die Arme. Und drückte ihn an sich und merkte, wie er steif wurde. Lea ließ los und trat einen Schritt zurück.
»Bist du wieder da? Ich freu mich so, dass du wieder da bist. Wie geht es dir? Ich hab dich vermisst.«
Lea streckte die Hand aus, um ihm das Haar zu zausen. Er zuckte zusammen, ließ es über sich ergehen und lächelte scheu.
»Zorro riecht so gut.«
»Wonach riecht er denn?«
»Ich weiß nicht. Nach Zorro.«
»Ja, jedes Pferd riecht anders. Wie die Menschen. Was hast du gemacht? Hast du im Bett gelegen?«
»Videos geguckt. Kennen Sie das mit dem Mann, der einen Koffer hat, und in dem Koffer ist viel Geld ...«
Kai verstummte. Lea hörte seinen schweren Atem und drehte sich um.

Sonja kam über den leeren Hof. Die Pferde waren schon drinnen, und Sonja ging auf Fannys Stall zu, sah Florabella gesattelt und gezäumt vor ihrer Tür stehen und schaute sich suchend um.
»Ich bin hier«, sagte Lea.
Sonja blieb stehen. »Ich dachte schon ... Hallo Kai, bist du wieder gesund?«
»Es geht«, sagte Kai schüchtern. »Was macht Fanny?«
»Die ist gut drauf.« Sonja fuhr sich mit den Fingern durchs Haar und fragte unvermittelt: »Und was macht dein Bruder?«
»Der trainiert für irgend so ein Fahrradrennen.«
»Ah so«, sagte Sonja mit ausdruckslosem Gesicht, und Lea hörte neben sich Kais schweren Atem, und hinter ihr bewegte sich Zorro, der sich wieder seinem Heu zugewandt hatte. In der Stille war sein gemächliches Kauen zu hören und ab und zu das Stampfen, wenn er sich einer Fliege erwehrte.

Der Sattel, den Max für sie getragen hatte, blieb in der Sattelkammer. Sonja ritt sattellos.
Ein Griff in die Mähne, eine einzige gleitende Bewegung, und sie saß auf Fannys breitem Rücken, gelöst, mit locker hängenden Beinen, wie zu Hause. Als wäre der Pferderücken ihre Wohnung, der Ort, an dem sie sie selbst sein konnte. Jedes Mal diese erstaunliche Wandlung von dem Augenblick an, in dem Sonja auf Fanny zuging, um ihr das Halfter anzulegen. Der Körper plötzlich leicht und beweglich, Lebendigkeit

in der sonst so flachen Stimme. Ein Griff in die Mähne, ein Sprung, und sie war angekommen.
»Wie machst du das?«
»Ganz einfach.«
»Zeigst du es mir?«
»Wenn Sie wollen.«

Lea führte Florabella bis zu dem Mäuerchen hinter der *Krone*, stieg hinauf und ließ sich auf Florabellas Rücken gleiten.
Schweigend ritten sie die Straße hoch, bogen in den Waldweg ein. Schweigend ritten sie nebeneinander her, Fanny immer dicht am Wegrand, da, wo der Boden weich war.
»Sie hat schlechte Hufe, man kann sie nicht beschlagen. Jetzt will ich es mal mit Hufschuhen versuchen.«
»Ich habe gehört, dass sie die leicht verlieren.«
»Das habe ich auch gehört. Ich versuche es trotzdem.«
Während die Reiterinnen sich über Hufschuhe unterhielten, trugen die beiden Stuten einen stummen Kampf miteinander aus. Jede wollte schneller sein als die andere. Fanny versuchte die Führung zu übernehmen, Florabella wollte ihr die Führung nicht überlassen, hielt energisch Schritt und versuchte ihrerseits die Führung zu übernehmen. Sie war die Schwächere, aber im Vorteil, weil sie beschlagen war und die Steinchen und Wurzeln nicht spürte.
Im Wald war es sommerlich still geworden, der Boden aufgeweicht, es hatte viel geregnet.

»Haben Sie was dagegen, wenn wir traben?«
Nebeneinander trabten sie den Weg hoch, der bei dem von alten Bäumen umstandenen Teich endete.
»Hier«, sagte Lea. »Hier ist es gut.«
Der Boden war eben. Es gab eine Bank, von der aus sie notfalls wieder aufsitzen konnte, und hinter der Bank lag die kleine Wiese mit dem Weiß der Margeriten und dem Blau der Glockenblumen zwischen den hohen, leicht schwankenden Gräsern.
Sonja ließ sich vom Pferd gleiten.
»Ganz einfach mit der linken Hand in die Mähne greifen, so ... die Mähne packen, mit dem rechten Bein Schwung nehmen, links abstoßen.« Und schon saß Sonja auf Fannys Rücken und rutschte wieder hinunter, um es noch einmal vorzumachen.
Lea versuchte es.
Der Schwung reichte nicht. Das rechte Bein hing verrenkt über der Kruppe, der Körper wie ein verrutschter Sack an der Flanke.
Lea versuchte es noch einmal.
Florabella stand still und duldete, Sonja sah schweigend zu, und Lea dachte daran, was sie gedacht hätte, als sie so alt war wie Sonja, und dachte, sie hätte gedacht, die Alte schafft das nie.
»Nicht denken«, sagte Sonja. »Überlassen Sie sich einfach Ihrem Körper.«
Lea ärgerte sich, dass eine dreizehnjährige Göre ihr gute Ratschläge geben musste, und saß plötzlich auf Florabellas Rücken, ohne zu wissen, wie sie dorthin gekommen war.

Florabella schnaufte tief. Lea hörte es kaum, spürte aber das Heben und Senken ihres Rückens und dann ein kräftiges Klopfen unter ihrem Hintern, ein regelmäßiges Pochen, dessen Schwingungen sich bis in ihren Körper fortsetzten. Es dauerte einen Moment, bis sie begriff, dass das Florabellas Herzschlag war. Sie sah auf und begegnete Sonjas Blick. Sonja war auf Fannys Rücken gesprungen, ohne dass sie es bemerkt hatte. Sie lächelte. Es war das erste Mal, dass Lea sie lächeln sah.

Seite an Seite ritten sie den Weg zum Schlösschen hoch. Über dem Uhrturm kreißte eine Sommerwolke. Irgendwo im Wald bellte ein Hund. Ein Bussard stieg lautlos von einem Baum auf und Mückenschwärme tanzten im feuchten Schatten der Linden.

X

»Ich muss mal.«
Immer noch musste Kai ganz plötzlich dringend pinkeln. Es überkam ihn und dann musste es sein. Sofort. Lea kannte das schon. Sein eiliges Verschwinden im Wald, im Stall oder bei ihr zu Hause. Als er sie zum ersten Mal besucht hatte, war seine erste Frage gewesen. »Wo ist denn hier die Toilette?«
»Ich muss mal.«
Runter vom Pferd. Lea die Zügel in die Hand gedrückt. Fortstreben.
Lea kannte das und war daran gewöhnt. Es gehörte zu Kai wie die Heiserkeit, der schwere Atem und das Schielen. Das alles bemerkte sie kaum mehr, und manchmal vergaß sie es ganz und sah nur noch, wie viel Zartheit in dem plumpen Körper steckte, den der Junge mit sich herumschleppte wie einen schweren Sack.
Kaum war er im Unterholz verschwunden, fing Sonja an zu maulen.
»Schon wieder. Das gibt's doch nicht.«
»Lass ihn. Wir haben Zeit.«
»Trotzdem. Er nervt.« Sonja war schlecht gelaunt und sie ließ es sich anmerken. Hemmungslos. Das war

nicht mehr das abgetauchte Mädchen mit dem reglosen Gesicht, sachlich wie eine Mauer. Die Mauer hatte Risse bekommen und die Risse hatten sich zu einem Spalt verbreitert. Aus diesem Spalt kam Sonja manchmal überraschend hervor, um sich herausfordernd und angriffslustig zu zeigen.

»Der muss doch bloß seine Angst rauspinkeln, der Schisser. Der hat Angst vor seinem eigenen Schatten. Der besteht nur aus Angst. Wie der schnauft. Dieses Schnaufen. Der schnauft geradeso, als stünde er dauernd vor seinem Henker, als hätte er den Strick schon um den Hals. Das nervt.«

Wenn Sonja mal aufmachte, dann so radikal, wie sie sonst dicht gemacht hatte. Dann musste sie gleich alles sagen, den Finger auf jede Wunde legen.

»Ist das nicht schrecklich einsam, so ohne Mann und ohne Kinder?«

»Ich habe meine Arbeit.«

»Ich habe gehört, dass Sie Dolmetscherin sind.«

»Das stimmt.«

»Machen Sie das gerne?«

»Manchmal ja. Kommt drauf an, für wen ich arbeite.«

»Also für mich wäre das nichts. Da ist man ja nur der Mund, durch den die anderen sprechen.«

Nach einem solchen Ausfall zog Sonja sich wieder hinter ihre Mauer zurück und wurde wieder so sachlich, höflich und schweigsam, wie sie vorher gewesen war, und Lea fing wieder an, sich unbehaglich zu fühlen in ihrer schweigenden Gegenwart und mehr zu reden als sonst, mehr von sich preiszugeben, als sie wollte. Trotz des Altersunterschieds. Dreißig Jahre, die belanglos wurden, wenn Sonja sich in ihr Schweigen hüllte, das so anders war als das einträchtige Schweigen, das jenen unsichtbaren Raum schafft, in dem man sich trifft, anders auch als das Schweigen, in dem Feindseligkeit mitschwingt, oder das, aus dem eine Drohung herauszuhören ist. Es war nicht das eisige Schweigen der Missbilligung und nicht das unheilschwangere der Natur, das ein Gewitter ankündigt. Sonjas Art zu schweigen glich jener plötzlichen Stille am Telefon, wenn die Leitung unterbrochen ist. Bist du noch da? Keine Antwort. Hallo? Nichts. Was man sagt, geht ins Leere. Es kommt nichts zurück. So ließ Lea sich zuweilen dazu verleiten, zu viel zu reden. Und wenn sie endlich merkte, was los war, fühlte sie sich wie nackt vor einem angezogenen Menschen. Und ärgerte sich. Und erinnerte sich an den Altersunterschied und wusste wieder, dass diese Art von Schweigen viele Deutungen zulässt und die großen Schweiger wie magische Glaskugeln sind, in denen man alle Wunder und Schrecken dieser Welt erblicken kann. Solange sie schweigen. Wenn sie den Mund aufmachen, merkt man gewöhnlich, dass sie nur ein Spiegel waren, der einem das eigene Bild zurückgeworfen hat.

»Wo bleibt er denn?«, fragte Sonja. »Der macht aber lange. Das gibt's doch nicht.«

Die Pferde wurden unruhig. Fanny scharrte und reckte den Hals nach den Blättern eines Busches.

Zorro schnappte wütend nach den Fliegen, die sich auf seinen Flanken niederließen.
Lea drehte sich um. Kai war nirgends zu sehen.
»Vielleicht muss er groß«, sagte Sonja giftig. »Der Hosenscheißer.«
»Hast du nie Angst?«, fragte Lea gereizt.
Sonja sah Lea an, schon wieder hinter der Mauer. Ihr Gesicht war ausdruckslos. Die Hände waren zur Ruhe gekommen und griffen nach dem Zügel.
»Ich?«
»Ja, du.«
Das Schlösschen lag still in der Sonne.
Amseln flatterten in den Apfelbäumen zwischen dem Schlösschen und dem Weg. Eine Wiese voller Apfelbäume. Das Gras war gemäht und unter jedem Baum lag ein Kreis gefallener Äpfel.
»Ich kenne keine Angst. Ich weiß nicht mal, was das ist.«
»Das glaube ich dir nicht.«
»Es ist aber so«, sagte Sonja sachlich. »Mir kann nichts passieren.«
Mein liebes Kind, dachte Lea. Hast du eine Ahnung. Was weißt du schon vom Leben. Ihr fielen all die Sätze ein, die sie selber einst zu hören bekommen hatte. Du weißt nicht, was du sagst. Du wirst dich noch umsehen. Es war lange her. Die so gesprochen hatten, waren tot. Aber diese Sätze waren wie Plastik. Sie verrotteten nicht. Lea verspürte den Drang, sie aufzunehmen und an das hochmütige junge Mädchen weiterzugeben. Und ließ es bleiben. Obwohl es ihr schon

auf der Zunge lag zu sagen: Warte nur, bis du so alt bist wie ich. Dann weißt du, was einem alles passieren kann.
»Mir ist schon alles passiert«, sagte Sonja.
»Nicht alles«, gab Lea zurück. »Eines Tages musst du sterben.«
»Ich nicht«, erwiderte Sonja düster. Da war nichts Angeberisches in ihrem Ton. Es klang so, als glaubte sie wirklich, dass sie ewig leben würde.
Lea drehte sich nach Kai um. Er war nirgends zu sehen.
»Du hast Recht. Kai hat viel Angst. Aber er hat auch viel Mut. Was meinst du, wie viel Mut dazu gehört, dass er reiten gelernt hat?«
»Was ist denn daran mutig?«
»Er hat Angst und er tut es trotzdem. Darum ist es mutig. Sehr mutig, weil er sehr große Angst hat. Ohne Angst bräuchte er keinen Mut. Wenn du nicht weißt, was Angst ist, weißt du auch nicht, was Mut ist.«
Lea sah Sonja an und verstummte.
Sonja saß reglos auf Fannys Rücken und schaute mit abwesendem Blick vor sich hin.
Ein Eichhörnchen huschte über den Weg, kletterte einen Stamm hoch und äugte.
Aus dem Ort drang Glockenläuten herauf.
Ringsum war Friede. Fernes Hähnekrähen und das leise Sommersummen von der Wiese. Die Apfelbäume streckten ihre Zweige pathetisch in die Luft wie erstarrte Opernsängerinnen, die mit ausgebreiteten Armen eine tonlose Arie singen.

Irgendwo im Wald setzte eine Motorsäge ein, brach ab, setzte wieder ein.
Für die Dauer eines Lidschlags hatte Lea den Eindruck, Sonja habe ihren Körper verlassen.
Das Eichhörnchen machte einen plötzlichen Satz, flügellos fliegend zum nächsten Baum, ein heftig wippender Ast, etwas Rötliches zwischen den Blättern, und weg war es.
Zorro hob den Kopf und wieherte.
Kai kam aus dem Wald, strahlend, die ausgestreckte Hand voller Himbeeren.
»Wird aber auch Zeit!«, blaffte Sonja.
Er hielt ihr die Hand mit den Himbeeren hin. »Ich habe Himbeeren für euch gesammelt. Nimm!«
Sonja schüttelte den Kopf.
Kai wandte sich ab. »Du bist heute aber schlecht gelaunt.«

Nachdem Lea und Kai die Himbeeren gegessen hatten, wischte Kai sich die Hände im Gras ab, wälzte sich auf Zorros Rücken, nahm die Zügel auf, rückte die Brille zurecht und sagte heiter wie ein Mensch, dem ein heimliches Glück die Kraft gibt, alltägliche Unannehmlichkeiten zu ertragen: »Kann weitergehen.«
Erst jetzt fiel Lea auf, dass er keinen Schlüssel mehr um den Hals trug.
Sonja ritt vor.
Die ausladenden Hinterbacken ihres Pferdes bewegten sich so energisch, als zöge es immer noch eine

Kutsche hinter sich her. Der schwarze, von sandpapierfarbenen Strähnen durchzogene Schweif pendelte im Rhythmus der Schritte. Er war so lang, dass er fast bis auf den Boden reichte, und Fanny trug ihn mit nachlässigem Stolz.
Sie hatten das Fichtenwäldchen hinter sich gelassen und kamen an dem kleinen Weg vorbei, der zur Mühle hinunterführte, als Lea plötzlich wusste, warum Sonja so böse auf Kai war.

Es war auf dem Mühlenweg gewesen, dass Sonja gestürzt war. Aus dem vollen Galopp heraus. Sie hinkte immer noch. Es hatte viel geregnet, der Mühlenweg war matschig gewesen und Fanny war ausgerutscht. Sonja wusste, dass es gefährlich ist, im Matsch zu galoppieren. Und hatte es trotzdem getan. Und sich darüber ausgeschwiegen, wa- rum. Und jetzt, in der wohltuenden Wärme des sommerlichen Waldes, in dem ein honigfarbener Pferdehintern eine unsichtbare Kutsche unermüdlich durch Licht und Schatten zog, fügten sich das Ausgesprochene und das Unausgesprochene wie von selbst zu einer Geschichte zusammen, die eigentlich aus zwei Geschichten bestand, zwei Liebesgeschichten, von denen die eine gerade zu Ende gegangen war und die andere gerade angefangen hatte … Sonja war für Max galoppiert. Sie hatte ihm zeigen wollen, wie gut sie reiten konnte. Hatte ihn, der noch immer katzenäugig an ihr vorbeischaute, mit ihrer Reitkunst gewinnen, seine Liebe erobern wollen wie ein Ritter seine Dame.

Sie waren sich bei der Mühle begegnet. Max hatte es Kai erzählt und Kai hatte es Lea erzählt. »Max hat alles gesehen. Er war mit dem Fahrrad unterwegs. Sie haben sich bei der Mühle getroffen.« Sie hatten ein paar Worte gewechselt, und dann war Sonja losgaloppiert wie eine Wilde, hatte den Matsch vergessen, alles egal, nur eines im Sinn: Max zeigen, was sie konnte. »Er hat gesehen, wie sie hingeflogen ist.« Und kein Wort darüber, dass er ihr nicht beigestanden hatte. Er war einfach weitergeradelt, und am Abend hatte er seinem Bruder verkündet, dass Sonja gestürzt war. Kai wusste es schon. Er war da gewesen, als Sonja schlammverkrustet auf dem Hof erschienen war. Reiterin und Pferd, beide halbseitig verdreckt. Lea dachte daran, wie Sonja von Fannys Rücken gerutscht und in sich zusammengesunken war, betrachtete die schmale Gestalt, die durch Sonnenstrahlen und Blätterschatten vor ihnen herritt wie Johanna von Orléans gegen die Unterdrücker ihres Vaterlandes, und fragte sich, ob Max verstanden hatte, dass Sonja für ihn geritten war. Was weiß ein Junge von einem Mädchen? Und was ein Mädchen von einem Jungen? Sonja konnte nicht wissen, wie knapp die Luft bei Wohlrabs war, wie Max kämpfen musste um ein bisschen Luft, hatte ihn nie toben sehen in der unsichtbaren Zwangsjacke, in die er doch immer wieder zurückmusste. Sie kannte nur den Jungen mit den Katzenaugen. Lässig. Ei… wie? Ein Fuß auf dem Boden, einer auf der Pedale. Und bestimmt glaubte sie, er wisse, was er nicht wissen konnte, glauben wir doch immer, die anderen wüssten *ir-*

gendwie um das, wofür wir uns schämen: dass sie für ihn, nur für ihn geritten war. Lea wusste, wie sich das anfühlt, der Wind im Gesicht, das Sausen in den Ohren, die wilde Lust zu sein. Und wusste auch, was man alles denkt in dem Augenblick, in dem man stürzt. Muss aufpassen, dass ich nicht unter dem Pferd liege. So weit wie möglich weg fallen. Den Fuß aus dem Steigbügel. Die Zügel in der Hand behalten.
Max war weitergefahren und Sonja hatte sich allein wieder aufs Pferd gequält. Und war zum Stall zurückgeritten. Als sie ankam, war der Matsch auf ihrer Backe schon angetrocknet.
Lea hatte Sonja den Stiefel ausgezogen und Kai hatte Fanny in den Stall geführt. Es war niemand mehr auf dem Hof. Nur Herrn Sauerweins Gespenstergesicht hinter der Scheibe des schon dunkelnden Zimmers.
Lea erinnerte sich daran, wie sie scheinbar fachmännisch den angeschwollenen Fuß betastet und Sonja gefragt hatte, ob ihre Mutter da sei.
Sonja hatte den Kopf geschüttelt. Ihr Gesicht war weiß gewesen. Einen Augenblick leuchtete ihr Haar auf, rotgoldenes Schimmern eines Stoppelfeldes in der Abendsonne, leuchtete auf und verblasste. Sonja hielt den Kopf beim Reiten leicht geneigt wie jemand, der aufmerksam zuhört. Kraftvoll und gleichmäßig bewegten sich Fannys Hinterbacken. Überall im Wald, zwischen den Stämmen der grau und glatt aus der Erde wachsenden Buchen, gleißten schräge Sonnenstrahlen. Weit oben schwankte das grüne Blätter-

dach im matten Blau des Himmels. Irgendwo in der Ferne ließ sich die unvermeidliche Säge vernehmen.
Lea dachte an Sonjas weißes Gesicht mit dem Matschfleck auf der Backe, mit dem sie aussah wie ein Clown, der vergessen hat, sich abzuschminken. Ein kleiner verlorener Clown, der ohne Beifall abgegangen ist. Er hat seinen Auftritt gehabt, und jetzt sitzt er kleinlaut am Boden, ohne seine wunderbare Leichtfüßigkeit. Nicht mehr derselbe. Und auch Kai war nicht mehr derselbe. Als hätte ihre Verwandlung seine nach sich gezogen. Plump und pummelig wie immer, aber mit so entschlossenen Bewegungen, als sei ein anderer in seinen Körper eingezogen. Wie er sich das Hemd über den Kopf gezerrt hatte. Die weißen Speckfalten. Das unter dem Stoff verschwundene Gesicht mit der verrutschten Brille. Er hatte es so eilig, das Hemd auszuziehen, dass er nicht herauskam. Und wie er halb nackt mit schwappenden Brüsten zum Wasserhahn geeilt war, selbstvergessen und ohne sich zu schämen, sich mit dem nassen Hemd neben Sonja niedergelassen und ihren Fuß behutsam umwickelt hatte. Lea sah das alles wieder vor sich und begriff jetzt, da sie nicht mehr mittendrin war und sich alles vergegenwärtigen konnte, ohne handeln zu müssen, dass das der Anfang einer Geschichte gewesen war, von der sie nichts mitbekommen hatte, obwohl sie die ganze Zeit dabei gewesen war.
Kais Oberkörper schaukelte im Rhythmus der Schritte, aber er saß gelöst, mit locker hängenden Beinen. Lea lächelte ihm zu. Er lächelte zurück, und Lea

sah, was sie vorher nicht gesehen hatte: Er trug nicht mehr so schwer an sich. Der Sack war leichter geworden. So geht das. Man sieht den Menschen, den man gestern kannte. Was die Augen sich nicht alles vormachen lassen. Da sitzt ein Hase. Hinten am Waldrand. Ein dicker fetter Hase. Merkwürdig, dass er sich nicht bewegt. Doch, jetzt bewegt er sich. Er hat sich bewegt. Oder? Vielleicht ist es nur ein Baumstumpf. Nein, es ist eindeutig ein Hase. Aber rührt sich nicht. Kein Hase, bloß ein Stück Holz. Brave Augen. Sie sehen, was von ihnen erwartet wird. Folgsam und faul. Gewohnheitstiere. Sehen, was gestern da war, als müsste es heute auch noch da sein, übersehen, was heute ist, bloß weil sie sich noch nicht daran gewöhnt haben. Es geht aber auch alles so schnell. Eben noch hat Kai sich durch die Welt geschleppt wie einen viel zu schweren Sack. Und jetzt? Eben noch hat Sonja Leas Frage nach Kai mit einem Achselzucken beantwortet. War Kai da? Hast du Kai gesehen? Gleichgültiges Achselzucken, geringschätzig verzogene Lippen. Und jetzt? Es war erst ein paar Tage her, dass Sonja nach Kai gefragt hatte, mit einem vorwurfsvollen Unterton, als sei es eine Zumutung, dass Kai nicht da war und sie nach ihm fragen musste. Das hätte Lea hellhörig machen müssen. Sie hatte sich auch gewundert und zunächst gedacht, sie hätte sich verhört, aber dann war ihre Verwunderung in Sonjas Fassungslosigkeit untergegangen.

»Stubenarrest? Das gibt's doch nicht.«

So etwas gab es nicht in Sonjas Welt. Sie konnte machen, was sie wollte, kommen und gehen, wann sie wollte. Amüsier dich gut, mein Engel! Sie war es gewöhnt, nicht vorhanden zu sein, in einem Augenblick Herzchen mein Mäuschen mein Schätzchen, im nächsten in Luft aufgelöst, weil ein Mann aufgetaucht war, irgendein Mann, und wenn es nur der Schornsteinfeger oder ein Zeitschriftenwerber war. Dann wurde die Luft knapp auf dem Planeten der Mutter, den Sonja notgedrungen mitbewohnte, und sie musste weichen. Das kannte sie. Aber bleiben müssen, nicht weg dürfen, das kannte sie nicht.

»Das ist ja Freiheitsberaubung«, hatte Sonja empört erklärt, und diese Empörung war neu an ihr gewesen, genauso wie die Erbitterung, mit der sie hinzugefügt hatte: »Und der lässt sich das gefallen!«

»Was soll er denn machen?«

»Gehen.«

»So einfach ist das nicht.«

Sie waren bei der Kaiserbuche angekommen. Sonja blieb stehen und sah Lea fragend an. »Lassen wir sie ein bisschen grasen?«

Lea nickte und hatte noch einen Augenblick das Bild vor Augen, wie Sonja einbeinig über den Hof gehüpft war, nachdem Kai sich erboten hatte, sie zu tragen, und sie ihn angeraunzt hatte, sie komme allein zurecht. Der von ihrem Fuß herabhängende Verband schleifte über den Boden, und Kai, nur bis zum Hals und an den Armen gebräunt, sah aus, als trüge er ein aufgeschminktes weißes Hemd.

XI

Das Schild war nicht mehr da, nur noch das verrottete Holzbrett, in dem noch die rostigen Nägel steckten. Im Wald gab es sie noch, die Wegweiser für Wanderer, auf denen *Kaiserbuche* stand und die es wahrscheinlich auch dann noch geben würde, wenn der Baum längst verschwunden war. Noch war er da, und noch gab es einen verzweifelt zum Himmel erhobenen Ast, der zwar auch schon kahl war, aber an einer Stelle doch noch einmal ausgetrieben hatte. Leicht im Wind schwankende grüne Blätter, über die langsam eine dralle weiße Wolke hinwegzog. Sonst nur noch Stümpfe, hohl, dunkel und mit schwärzlich schwammigen Rändern.

Der Stamm, gedrungen und geborsten, war schon dabei, in die Erde zurückzuwachsen.

Ungerührt grasten die Pferde um den schrundigen Fuß herum, der auch einmal so gerade aus der Erde gewachsen war wie die Stämme seiner Nachfahren in dem Wald, durch den die drei Reiter eben gekommen waren, aber das war so lange her, dass seitdem hier nichts mehr so war wie damals, außer dem Himmel mit seinen träge dahinziehenden Wolken. Später dann, in der Russenzeit, in der der Baum bei einem

Spaziergang des auf dem Schlösschen weilenden Zaren zum Kaiser ernannt und von Prinzen und Prinzessinnen umtanzt worden war, waren seine Wurzeln schon hölzernen Strömen gleich gewesen, die unablässig in die Erde hineinfließen, und das war nun auch schon wieder lange her, hundertzwanzig Jahre, in deren Verlauf die Adern sich verformt hatten, um am Ende an einen Haufen bösartiger Geschwüre zu erinnern, die eins über dem anderen sitzen, mal wie versteinert, mal offen, den Blick in das brüchige Innere freigebend.

In einer der kleineren Schwären wuchs ein Veilchenbusch, in einer anderen Löwenzahn, und in der größten hatten sich Brennnesseln breit gemacht.

Über den Brennnesseln schwebte ein Mückenschwarm und in der morschen Höhlung vibrierten von Holzmehl bedeckte Spinnennetze. In einem, das größer war als die anderen, saß eine Spinne, die sich aufgestört davonmachte und in einer unsichtbaren Ritze verschwand, als Kai und Sonja sich über das aufgebrochene Innere beugten.

Kai zeigte Sonja einen zwischen Staub und Gebrösel krabbelnden Käfer, und Sonja las ihm vor, was mit weißer Farbe auf einer der versteinerten Wucherungen geschrieben stand. Die Schrift war vom Regen verwaschen und gerade noch zu entziffern: *Kaiserbuche.*

Lea sah auf die beiden Köpfe: rötliche Stoppeln neben feinem, aschblondem Haar.

Der Junge und das Mädchen hockten vor dem Fuß des alten Baums wie selbstvergessen spielende Kin-

der, aber da war etwas in der Art, wie sie leise miteinander redeten, als wären sie zusammen auf einer Insel, die ihnen allein gehörte, etwas, das nicht kindlich war und keine Mama brauchen konnte.
»Guck, lauter Löcher.«
»Das war der Holzbock.«
Kais und Sonjas Stimmen kamen aus weiter Ferne. Lea hörte ihnen zu, während sie in die sonnenbeschienene Landschaft hinausschaute. Das Licht blendete. Sie schloss die Augen und horchte auf die Stimmen wie jemand, der eifersüchtig hinter der Tür lauscht.
Unter ihr gab es jetzt ein schüchternes Schweigen, das ziemlich lange dauerte. Schließlich ein Hüsteln und Kais raue Stimme: »Sonja, merkst du was?«
»Was?«
»Es gibt keine Ameisen. Die machen sonst überall rum.«
Zu den Weiden auf der anderen Seite des Tals hinüberstarrend, verkniff Lea sich die Bemerkung, dass das Forstamt dem Stamm wahrscheinlich mit Chemie zu Leibe gerückt war.
Der Baum war kein erhebender Anblick, und die Rinde des einen Astes, der noch Leben in sich hatte, war schon ganz grau und rissig. Aber in dem aufgebrochenen Schoß waren zwei Schößlinge zwischen den Stümpfen gewachsen, winzige Nussbäumchen, die ihr Dasein wahrscheinlich einem Eichhörnchen zu verdanken hatten, das seine Nüsse dort oben gelagert und vergessen hatte, sie abzuholen.

Lea wollte Kai und Sonja gerade ihre Entdeckung mitteilen, als sie Kais Hand sah, die andächtig über ein Stück Rinde strich.
»Wie Dinohaut …«
»Elefantenhaut«, widersprach Sonja, puhlte ein Stück Rinde ab und hielt es Kai auf der flachen Hand hin.
Lea sah die über das Rindenstückchen gebeugten Köpfe. Es war schon lange her, dass sie selbst sich scheinbar höchst interessiert über irgendein belangloses Etwas gebeugt hatte, das nur, weil es in einem bestimmten Augenblick auf einer bestimmten Hand gelegen hatte, zu einer Kostbarkeit geworden war. Trotzdem erinnerte sie sich noch, wie das ist, wenn die Luft sich verdichtet und man sich zu zweit wie in einem Kokon befindet, in dem es keine Zeit gibt, nur das Jetzt und das Etwas auf der Handfläche des anderen.
Kai berührte es mit einem Finger, und so wie er vorsichtig darauf tippte, nur mit der Kuppe des Zeigefingers, wusste Lea, dass es einer Invasion gleichkäme, wenn sie den beiden jetzt von ihren Nussbaumschößlingen erzählte.
Geistesabwesend auf Sonjas Hand hinabblickend, bemerkte sie plötzlich, dass ihre Handfläche keine Linien hatte. Nicht eine einzige Furche. Sie war vollkommen glatt.
Sonja schloss die Hand zur Faust, stand schnell auf und stiefelte zu Fanny hinüber.
Kai blieb noch einen Augenblick in der Hocke. Dann richtete er sich auf, rückte die Brille zurecht und warf einen Blick auf die Uhr.

XII

Es war eng geworden auf dem Hof.

Nach Hanni und Gitti, den beiden Haflingerstuten, hatte Herr Ostendorf ein Shetlandpony gekauft, Lulu, die schwarz und zottelig und ein hinterhältiges Biest war. Und noch ein Shetty: Prinz. Und noch ein Shetty: Loretta. Innerhalb der Umfriedung drängten sich die Pferde, und draußen tollten die Kinder, die sich, von den Pferden angezogen, nach und nach auf dem Hof eingefunden hatten. Schüchtern waren sie gekommen.

»Dürfen wir die Pferde ansehen?«

»Guck mal, die Kleinen!«

»Wie süß.«

Zögernd hatten sie angefangen zu spielen. Und nun tobten sie, tobten schreiend in die Ställe, aus den Ställen, um den Misthaufen herum, in die Scheune, aus der Scheune.

Die Pferde standen mit zuckenden Ohren und zeigten das Weiß ihrer Augen.

Nur Fanny blieb gelassen. Ließ die Unterlippe hängen. Senkte die großen Nüstern über die kleinen Hände. Zerkaute genüsslich den Zucker, den die Kinder ihr reichten, wenn Sonja nicht da war oder nicht hinsah.

Ließ sich langmütig die runzligen Winkel der Maulspalte betasten. Verscheuchte die Shettys, die auch Zucker wollten. Beschützte Zorro, wenn Hanni und Gitti den Versuch machten, ihn zu ärgern. Und schien es nicht zu bemerken, wenn die beiden abdrehten, um sich an Florabella schadlos zu halten. Rachsüchtig gingen sie auf die Schwächere los, die kehrtmachte und flüchtete, flüchten wollte und nicht konnte.

Da war kein Platz.

Der Platz war knapp.

Überall stand jemand. Legte die Ohren an. Keilte aus. Drangvolle Enge und Herr Ostendorf im Höhenflug. Schwungvoll die Pferdeäpfel aufkehrend. Abends, wenn die Pferde in den Ställen und die Kinder nach Hause gegangen waren. Er brauchte jetzt wieder viel Platz. Sein Körper schien den ganzen Hof auszufüllen. Er tänzelte, er tanzte, er flog dahin, als hätten sich die blauen Gummistiefel in Siebenmeilenstiefel verwandelt. Die Augen quollen ihm aus dem Kopf. Die Stimme dröhnte.

»Habe große Pläne! Das wird eine große Sache, eine ganz große Sache! Sie werden sehen. Ich werde das ganz groß aufziehen. Werde mich nicht auf Hochzeitsfahrten beschränken. Werde Kutschfahrten anbieten! Die gute alte Zeit wieder aufleben lassen. Kutschfahrten durch unsere heimischen Wälder! Das wird einschlagen! Sie werden sehen. Auch bei unserer Jugend wird das einschlagen! Wie eine Bombe! Liebe Frau Abendschein, wenn Sie einen Kartoffelsalat beitragen ...«

»Kartoffelsalat?«

»Für die Propagandaveranstaltung. Muss ja Propaganda machen. Ohne Propaganda geht die Chose nicht! Werde eine große Propagandaveranstaltung durchführen. Sie sind herzlich eingeladen. Ich zähle auf Sie! Ich rechne mit Ihrem Erscheinen! Und wenn Sie einen Kartoffelsalat machen könnten …«

»Natürlich. Kartoffelsalat kann ich gut.«

»Vielleicht auch einen Nudelsalat? Ich rechne mit zahlreichem Erscheinen!«

»Nudelsalat kann ich nicht ganz so gut.«

»Großartig. Das ist ja großartig!«

XIII

Lea musste jetzt eine Gerte mitnehmen, wenn sie Florabella aus der Herde herausholen wollte. Die Gerte brauchte sie, um Lulu abzuwehren, die von hinten kam, immer von hinten, und nicht bloß ein wenig zwickte, sondern kräftig zubiss. Das schien ihr Spaß zu machen, und sie verzichtete auf dieses Vergnügen nur, wenn man ihr mit der Gerte drohte. Lea hatte bereits eine Tagung im Stehen hinter sich gebracht. Stehend war sie mit dem Zug gefahren, stehend hatte sie übersetzen und essen müssen. Seitdem hasste sie Lulu. Die Gerte brauchte sie aber nicht nur für das kleine Mistvieh, sondern auch für Hanni und Gitti, die immer scheinbar zufällig zwischen ihr und Florabella standen. Manchmal genügte es, ihnen die Gerte zu zeigen. Dann entfernten sie sich, scheinbar ganz zufällig. Oder sie legten die Ohren an und gingen auf Florabella los. Dann ließ Lea die Gerte durch die Luft sausen. Dann liefen alle Pferde aufgeschreckt durcheinander. Dann musste Lea warten, bis sie sich beruhigt hatten. Still stehen, gut zureden. Und wenn sie Florabella endlich das Halfter angelegt hatte und sie hinausführen wollte, war sie nicht vom Fleck zu bewegen. Wollte nicht an Hanni und Gitti vorbei. Lie-

ber bleiben, wo sie war. Stemmte die Beine in den Boden. Da, wo sie war, war es sicherer. Dann entschloss sie sich plötzlich, sich in Bewegung zu setzen, rannte los, vorbei an ihren Feindinnen. Lea nebenher, die beiden Haflingerstuten mit der Gerte bannend, die sie ihnen mit ausgestrecktem Arm wie einen göttlichen Zeigefinger entgegenhielt. Und wenn sie endlich draußen war und Florabella in aller Ruhe striegeln wollte, kamen die Kinder angelaufen.
»Darf ich das Pferd streicheln?«
»Darf ich es putzen?«
»Ich will mal reiten.«

XIV

Der Wald begann sich herbstlich zu färben.
Ein neues Pferd stand auf dem Hof.
Es hieß Mon cher und war der Schönste der Schönen, ein Rappe mit einer Mähne, die sich wie ein schwarzer Fluss über den feuchtglänzenden Hals ergoss.
Er war so schön, dass man nicht mehr atmen wollte, wenn man ihn sah, nur noch in seinem Anblick versinken, dahinschmelzen und vergehen.
Er war ein Friesenwallach und er hatte die Mondblindheit. Unter den halb gesenkten Lidern quollen die Tränen aus den von dichten Wimpern verhangenen Augen.
»Aber das kriegen wir hin. Das kriegen wir hin.«
Die Kinder nannten ihn Monscher und gaben ihm ihren Zucker, nur noch ihm. Er nahm ihn und zerkaute ihn unaufhörlich weinend unter Fannys neidischen Blicken.
Wie selbstverständlich hatte er ihren Platz am Rand der Umfriedung eingenommen, und wenn sie den Hals nach den süßen Händen reckte, vertrieb er sie mit einer kleinen Wendung des tränenüberströmten Gesichts.

Es war kein Stall mehr frei. Herr Ostendorf baute einen Verschlag in der Scheune.
»Das kriegen wir hin. Das kriegen wir hin.«
Er war wie im Rausch. Im offenen Scheunentor sein in der Latzhose schwappender Leib mit dem hammerschwingenden Arm. Die Schläge hallten über den Hof und hin und wieder kreischte die Säge.
Am Abend schaute der Rappe tränenden Auges mampfend aus Lulus Stall.
Herr Ostendorf klopfte ihm sanft den Hals. »Das kriegen wir hin.« Und wandte den Kopf nach dem leeren Stall. Auch Prinz und Loretta waren in die Scheune verbannt. Hinter dem geschlossenen Tor war es still. Kein Laut. Kein Schnauben, kein Scharren, nichts. Wahrscheinlich standen sie alle drei reglos horchend im Dämmer und schielten nach dem bedrohlich schimmernden Weiß der Flokatis auf der Sitzbank der alten Kutsche.
Herr Ostendorf reinigte sich die Hände mittels Bürste und Kernseife und verließ den Hof.

Lea, Kai und Sonja standen vor dem Stallfenster des mondblinden Schönen und sahen ihm beim Fressen zu.
»Die Oma sagt, er kann den Hals nicht voll genug kriegen.« Kai flüsterte, als könnte Herr Ostendorf ihn hören. Er stand dicht bei Sonja, die in die Luft hinein fragte:
»Warum kauft er sie, wenn er doch nicht reitet?«
»Er will sie haben«, sagte Lea.

»Aber was hat er davon?«
»Nichts oder nicht genug. Einen Rausch. Aber der hält nicht. Und dann muss er das Nächste kaufen.«
»Mir zu hoch.«
Mir auch, dachte Lea. Es war, als ob jedes neue Pferd eine Enttäuschung war, nicht das, was er sich erhofft hatte. Aber was hatte er sich erhofft? Was wollte er von den Pferden?
Er sprach nicht über sie, auch dann nicht, wenn er zum Reden aufgelegt war. Ließ sich nie darüber aus, wo oder von wem er ein Pferd gekauft hatte. Immer waren sie plötzlich da. Dann nannte er knapp ihren Namen und ihr Alter. Mehr nicht. Sprach nicht über sie, beschäftigte sich nicht mit ihnen. Sorgte für Reinlichkeit und Futter. Pünktlich und zuverlässig. Die Ställe waren immer sauber. Frisches Stroh eingestreut. Heu in den Raufen. Alles hatte seine Ordnung. Von Florabella hielt er sich fern, seitdem er seine Hälfte an Lea verkauft hatte. Zorro klopfte er manchmal den Hals, bist ein ehrliches Pferdchen. Mit Lulu war auch er verfeindet. »Die kommt in die Wurst. Wenn sie so weitermacht, kommt sie in die Wurst … Ich hatte schon mal den Hörer in der Hand, um den Metzger anzurufen.«
»Die Oma sagt, es ist die Gier. Er hat die Raffgier. Wie ein Sammler. Wenn der ein Stück ergattert hat, steckt er's auch weg. Die Oma sagt, sobald er's hat, interessiert es ihn nicht mehr. Es kommt in die Schatulle, sagt die Oma, zu den anderen Stücken seiner Sammlung. Und dabei denkt er schon ans Nächste. So einer

hat keine Zeit, sich an dem zu freuen, was er hat. Der muss bloß raffen. Die Oma sagt, das sind arme Menschen.«
»Die Oma, die Oma! Ich kann es nicht mehr hören! Denk doch mal selber.«
»Ich denke, er ist wie ein Eimer, der ein Loch hat. Alles, was man reingießt, fließt weg.«
»Nicht schlecht«, sagte Sonja so überheblich, dass Lea sich einmischen wollte. Etwas Scharfes lag ihr auf der Zunge, aber dann sah sie Kais Gesicht und schwieg.
Der Schöne kam kauend ans Fenster.
Sonja und Kai streckten gleichzeitig ihre Hände nach ihm aus. Der Tränenstrom war fast versiegt, vielleicht weil es dämmerte und das Licht die Augen nicht mehr schmerzte. Sein Maul senkte sich über die Hände, weich und schwarz, ein lächelnder Strich in der beginnenden Dunkelheit.
Sonja wechselte die Tonlage, so abrupt wie ihre Mutter. »Es ist eine Art Hunger, ein unstillbarer Hunger.« Ihre Stimme war leise. Die Überheblichkeit war in Trostlosigkeit umgeschlagen.
Lea spürte, dass sie nicht zu ihr sprach, sondern zu Kai, auch wenn sie ihn nicht ansah, und fühlte sich verpflichtet, so zu tun, als wäre sie nicht da. Aber sie hörte zu. Und plötzlich glaubte sie, Herrn Ostendorf zu verstehen. Besser als ihr lieb war. *Diesen* Hunger kannte sie. Er war verpönt gewesen im Haus ihrer Kindheit. Reiß dich mal ein bisschen zusammen! Wie kann man nur so gierig sein! Das ist ja widerlich!!!

Der Rappe ließ den Kopf sinken und stand mit halb geschlossenen Augen. Die beiden Hände verharrten noch immer über der Mähne, die sommersprossige des Mädchens, ätherisch im schwindenden Licht, neben der leicht zitternden Jungenhand. Über den Nüstern des Pferdes pulsierte eine Ader. Lea horchte auf die belebte Stille des Hofs, das Rascheln aus den Ställen, das Stampfen eines Hufs im Stroh. Ein Schweif streifte eine Wand. Es duftete nach Heu und nach Pferd und beide Gerüche gingen ineinander über. Von der Straße drang gedämpft der Verkehrslärm. Die Hände verschwanden unter der Mähne. Kai und Sonja streichelten den Pferdehals mit leicht geöffneten Lippen. Über den Wolken rumorte ein Flugzeug.

XV

Der Wald leuchtete. Einen ganzen Tag lang war Lea allein mit Florabella unterwegs gewesen. Der Himmel wolkenlos, das Licht schon ein wenig diesig. Ab und zu ein Galopp über Stoppelfelder, dann wieder vorbei an üppigen Farnen und angefressenen Pilzen durch den herbstlichen Wald, in dem kein Mensch war, nur Bäume, Licht und lodernde Blätter. Und Reiterin und Pferd in jenem Zustand der Übereinstimmung, der sich nach einem langen Ritt einstellt. Mit gleichmäßigen Schritten strebte Florabella gut gelaunt ihrem Stall zu, und Lea nahm die Farben in sich auf, das Zusammenspiel von Gelb, Braun und Rostrot, die Grüntöne, die so zahlreich waren, dass es keine Namen für sie gab, überließ sich einer wohltuenden Müdigkeit, dachte nichts, schaute nur noch, bis Sehen und Hören ineinander überzugehen schienen. Ihr war, als könne sie hören, wie die Farben zusammenklangen. Alles war sichtbar gewordene Musik, eine Symphonie, in der mal die leidenschaftlichen Rottöne des Ahorn führten und mal nichts als das verhaltene Gelb der Lärchen zu hören war, dieser unverwechselbare warme Goldton, der Lea aus irgendeinem Grund an Kai erinnerte.

Kai war ein anderer geworden. Er schielte noch genauso wie vorher, war noch genauso dick und genauso heiser und war doch nicht mehr der Junge, den Lea im Frühling kennen gelernt hatte. Kai leuchtete. Er war schön geworden. Er schnaufte noch immer, aber er hielt sich anders und sein Gang war leicht geworden. Es war eine wunderbare Wandlung, die auch Herrn Ostendorf nicht entging.
»Der Bursche ist über beide Ohren verknallt!«
Und Sonja? Sonja gebärdete sich wie ein Tier in der Falle, wütete, fauchte, giftete Kai aus ihrem unsichtbaren Gefängnis heraus an, als wäre *er* ihr Wärter. Und wenn er ihr den Rücken kehrte, verfolgte sie jede seiner Bewegungen mit Augen, die wie Mondlicht im Wasser leuchteten. Dann wieder verfiel sie in Teilnahmslosigkeit und schloss sich in ein Schweigen ein, das von niemandem zu überhören war.

Im Wald begann es zu dämmern. Die Farben erloschen. Florabella wurde unruhig, hob den Kopf, beschleunigte ihren Schritt. Plötzlich blieb sie stehen und wieherte. Horchte mit gespitzten Ohren auf die Antwort, die aus der Ferne kam. Wieherte noch einmal. Lea spürte das Beben unter sich.
Es mussten Pferde in der Nähe sein.
Florabella eilte den Waldweg entlang. Lea ließ sie laufen, vorbei am Mühlenweg mit eigensinnig gekräuseltem Hals und spielenden Ohren. Über den Baumwipfeln war schon der Turm des Schlösschens zu sehen. Hinter einer Wegbiegung tauchte das Tannenwäld-

chen auf. Und jetzt sah Lea, warum Florabella es so eilig hatte. Am Tannenwäldchen standen zwei Pferde angebunden. Es waren Fanny und Zorro. Von den Reitern war nichts zu sehen.
Florabella verstand nicht, warum sie unauffällig weitergehen sollte, und wollte sich weigern. Aber diesmal musste sie sich fügen.

XVI

Es saßen schon alle auf den Bänken. Breite Rücken mit hochgezogenen Schultern. Es war kühl, der Himmel bedeckt. Nicht das Wetter für eine Veranstaltung im Freien. Trotzdem waren sie gekommen, vielleicht dem Ostendorf Kalle zuliebe, vielleicht auch, um die Leere dieses trüben Sonntagnachmittags auszufüllen. Herr Ostendorf in Hose und Pullover. Hatte offenbar gerade anfangen wollen. Wartete, bis Lea ihre Schüsseln auf dem vor dem Scheunentor aufgebauten Tisch abgestellt hatte. Tapeziertisch mit weißer Papierdecke. Ein Bierfässchen und ein großer Topf, aus dem heraus es nach Würstchen roch. Pappbecher. Pappteller. Plastikgäbelchen. Lea sah das alles mit einem Blick und eilte dann zu einem freien Platz am Rande der letzten Bank. Den hatte sie sich schon bei ihrem Gang über den Hof ausgesucht. Unmittelbar hinter Kai und Sonja.

»Ich möchte euch danken, dass ihr so zahlreich erschienen seid.« Ostendorf sprach, als habe das Schicksal selbst ihn vor diese Menschen gestellt. Er kannte sie alle oder fast alle, viele von Kindheit an. Er war einer von ihnen und er sprach zu ihnen als einer von ihnen. Die Worte kamen ganz von allein, schneidig und doch mit Gefühl.

»... Kutschfahrten durch unseren schönen Wald ... uns auf die alten Werte besinnen, die gute alte Zeit wieder aufleben lassen.«

Die hervorquellenden Augen schauten mal diesen, mal jenen an, der schwere Körper bewegte sich leichtfüßig in dem freien Raum zwischen Büfett und Kutsche.

»Da steht sie, tipptopp ... Von meinem Arbeitseinsatz will ich nicht reden. Das war meine Pflicht. Ich habe das als meine Pflicht betrachtet.«

Eigentlich steckte er in Uniform. Hose und Hemd waren nur eine zeitgemäße Verkleidung.

»Jedem gesunden Menschen in normalen Verhältnissen ist die Arbeit ein Bedürfnis, eine innere Notwendigkeit. Ich kann wohl mit Fug und Recht sagen, dass ich weiß, was arbeiten heißt.«

Lea fing an zu zählen, wie viele Leute da waren, und erkannte Ostendorfs Frau an dem hageren, stockgeraden Rücken und den grauen Löckchen. Sie saß neben ihrem Sohn, der seinen Jungen auf dem Schoß hielt. Sonst kannte Lea niemanden außer Kai und Sonja, deren Rücken einander zugeneigt waren und sich an den Schultern berührten.

»Meine Familie trägt das mit. Es gehört sich, dass ich als Erstes meiner Frau danke, für all die Jahre unseres gemeinsamen Lebens, in denen sie treu zu mir gehalten hat. Bis auf den heutigen Tag ist der innere Gleichklang bestehen geblieben, unbeirrt durch all die Zufälligkeiten des Tagesgeschehens, durch Glück und Unglück.«

Er schwieg einen Augenblick und sah seine Frau durchdringend an. Der grau gelockte Hinterkopf blieb reglos.

Ostendorf ging zu seinem Sohn über.

»... anständiger Junge ... saubere Haltung.«

Vom Sohn zum Enkel.

»... der mich beglückt hat, immer wieder beglückt, tief beglückt.«

Vom Enkel zur Schwiegertochter.

»... feines Mädel, gutes Herz. Grundanständig.«

Von der Schwiegertochter zum Schönbein Ernst, den Lea von ihrem Platz aus nicht sehen konnte.

»Du, Ernst, warst immer ein guter Kamerad, ein durch und durch anständiger Kerl. Weißt du noch, wie wir zusammen ...«

Lea begriff, dass er jeden Einzelnen ansprechen würde, der Reihe nach, einen nach dem anderen. Sah Trost suchend zu den Ställen hinüber. Aber da war nur Fanny, die kauend zum Stallfenster kam, herausschaute und zu kauen aufhörte. Die Ohren spielten, die Unterlippe sackte herab. Fanny zog sich zurück, und Lea fing an auszurechnen, wie lange es dauern würde. Kalbfuß Kalle. Kalbfleisch Liese. Rindfuß Otto. Lea verrechnete sich und fing wieder von vorne an. Im Rechnen war sie nie gut gewesen. Abgesehen davon musste sie wenigstens mit einem Ohr zuhören, sie hätte ja was verpassen können. Und obendrein musste sie nachdenken. Darüber, woher er das hatte,

diese Technik, jeden persönlich anzusprechen, über jeden persönlich etwas zu sagen. Fischer Rosa, Fischer Margret, Mutter und Tochter …
Er war schon in der zweiten Reihe. Lea gab das Rechnen auf. Hahn Helga. Bäumchen Elsbeth. Schön Peter.
Zu den meisten sagte er *du*, allen sah er in die Augen, wenn er zu ihnen sprach, jedoch ohne die Versammlung aus dem Blick zu verlieren. Er ließ sich Zeit. Er nahm sich Zeit für jeden. Bei manchen verweilte er etwas länger, bei anderen fasste er sich kurz, aber nie so, dass der Eindruck entstehen konnte, er fertige jemanden ab. Ein paar warme Worte fand er immer, persönliche Worte für jede und jeden, alles Mögliche, dies und das. Nur ein Wort kehrte immer wieder. In leicht abgewandelter Form tauchte es auf wie ein alter Bekannter, der einem in unregelmäßigen Abständen über den Weg läuft, mal mit Hut, mal ohne. Man hat sich daran gewöhnt, ihn zu treffen, ist beunruhigt, wenn man ihn eine Zeit lang nicht sieht, und befriedigt, wenn man ihm wieder begegnet, sogar ein wenig erfreut, selbst wenn man ihn nicht leiden kann. Weil dann alles seine Ordnung hat. In dieser Welt, in der nichts bleibt, wie es ist, hat man gerne seine Fixpunkte. So hebt man auch die Stimme beim Singen, wenn der Refrain kommt … den kennt man, der gibt Halt. Und so hatte Lea angefangen, auf den Refrain zu warten, das immer wiederkehrende Wort in Ostendorfs schwungvoller Rede. Es war das Wort *anständig*. Und Lea war fasziniert davon, wie er es abzuwandeln

verstand, während er seine Veranstaltung durchführte: *grundanständig ... hochanständig ... durch und durch anständig.*
Einmal kam ihr die Stimme ihrer Mutter in die Quere. *Hast du denn keinen Anstand im Leib?* Lea war drauf und dran, sich auf eine Auseinandersetzung mit ihrer kleinen Frau im Ohr einzulassen und tief empört Vorwürfe mit Vorwürfen zu beantworten, als ihr auf einmal bewusst wurde, dass es die Nazizeit war, in der das Wort *anständig* so oft gebraucht worden war wie nie zuvor und nie danach. Und jetzt war ihr auch klar, was für eine Technik das war, die Ostendorf anwandte, um Kundschaft für seine Kutschfahrten zu werben. Sie fragte sich nur, ob er wusste, was er tat, oder ob er einfach nachmachte, was er gesehen und gehört hatte, als er in »die Bewegung« hineinwuchs und einen Papa hatte, der Propagandaveranstaltungen durchführen konnte, ohne sich als Zivilist verkleiden zu müssen.
Es war eine altmodische Technik der Manipulation, längst überholt, und doch wirkte sie immer noch: Lea ertappte sich dabei, wie sie sich fragte, was er wohl über sie sagen würde.
Hesselbach. Hassenzahl. Kühlwetter.
»Liebe Karin, es war niemand anders als deine Großmutter – Oma Kühlwetter haben wir Kinder zu ihr gesagt –, die mir erzählt hat von früher und wie ihr Mann damals die Herrschaften aus dem Gefolge des Zaren und der Zarin, die ja eine hessische Prinzessin war, von der *Krone* zum Schloss gefahren hat ... *Und*

zwar mit dieser Kutsche!« Ostendorfs Stimme donnerte über den Hof. Es folgte eine Stille, in der er mit ausgestrecktem Arm auf die Kutsche wies. Dann ließ er den Arm sinken und fuhr ruhiger fort: »Das ist noch nicht alles, was ich euch über diese Kutsche zu vermelden habe. Aber ich will ja nicht jetzt schon mein ganzes Pulver verschießen!«

Kammler Heini. Deutschbein Fritz. Bär Else.

Noch zwei Reihen. Lea zählte, wie viele vor ihr waren. Was wird er über mich sagen?

Bauer Helga. Bauernfeind Else. Kotzbauer Adolf.

»Du, Adolf, warst mir immer ein Vorbild. Das will ich in aller Öffentlichkeit sagen. Du hast viel durchgemacht. Das Leben hat dich hart angepackt und geschüttelt. Aber du hast stets gewissenhaft deine Pflicht erfüllt. Und ich will ganz offen bekennen, dass ich dich glühend verehrt habe … Dein gutes Herz und dein Härte gegen dich selbst … Dir nachzueifern, das war damals mein großes Anliegen, wie wir zusammen die Schulbank gedrückt haben …«

Kai und Sonja saßen still nebeneinander, die Köpfe immer noch einander zugeneigt, die Körper aneinander geschmiegt. Lea betrachtete die beiden Rücken, der eine schmal, in bunter Mohairjacke, der andere breit und leicht gekrümmt in einem schäbigen Parka. Sie waren zusammen, alles andere war ihnen egal. Und das war gut so.

Sie konnten nicht wissen, was für eine Schulbank das war, die Ostendorf *gedrückt* hatte. Für sie war das alles Geschichte, weit weg, fünfzig Jahre, fünfhundert

Jahre, alles gleich weit weg. Für Ostendorf war es gestern gewesen. Und so hatte er es ihr erzählt, damals im Frühling, als wäre es gerade eben geschehen. »Ich war in einer Napola. Wissen Sie, was das ist? Nationalpolitische Erziehungsanstalt. Es war eine Ehre, dort aufgenommen zu werden. Diese Schulen waren der Elite vorbehalten.« Und dann hatte er von seinem Rex gesprochen. Jeder Junge hatte einen Schäferhund bekommen, einen Welpen. Sie sollten ihm einen Namen geben, ihn füttern und erziehen. Jeder hatte sich jeden Tag eine bestimmte Zeit mit seinem Hund zu beschäftigen. Und als ein Jahr um war, musste jeder seinen Hund eigenhändig erschießen. »Das war eine Gehorsamsübung.«
Sie sollten für »den Führer« da sein und für nichts und niemanden sonst. Alle hatten gehorcht. »Ich wollte nicht weich erscheinen. Ich wollte nicht für einen Weichling gehalten werden.«
Er war jetzt schon bei Kai und Sonja. Lea sah auf die gespannten Nacken. Sonja fuhr sich mit den Fingern durchs Haar. Ostendorf machte es kurz. Die Nacken entspannten sich. Die Köpfe neigten sich wieder einander zu.
Einen Augenblick dachte Lea, jetzt wäre sie dran. Aber er machte auf der anderen Seite weiter. Lea hörte nicht zu. Ein Teil von ihr malte sich aus, was er über sie sagen würde, der andere sann darüber nach, wie es sein kann, dass man etwas durchschaut und trotzdem so anfällig ist.
Noch drei vor ihr. Lea verschränkte die Hände im

Schoß. Ein Sowieso Ludwig, ein pensionierter Schullehrer.
»... beschäftigt sich mit Heimatgeschichte. Und jetzt kommt die Überraschung, die ich euch versprochen habe: Als Prinz Alexander mit seiner von den Ortsbewohnern alsbald ins Herz geschlossenen Gemahlin Prinzessin Julie hier ankam, um fortan auf dem Schlösschen, das ihr alle kennt, zu wohnen – *da fuhren sie in dieser Kutsche*!«
Ostendorf hob ab. Es trug ihn davon. Von der Kutsche zu den Pferden. »Einwandfreies Pferdematerial, kerngesund. Treu und brav.«
Noch zwei, noch einer. Lea dachte jetzt nichts mehr, wollte nur noch eins: erlöst werden.
»Möchte auch Frau Abendschein für ihren Einsatz danken. Sie hat uns die Salate beschert. Kartoffelsalat, Nudelsalat. Ich darf euch allen einen guten Appetit wünschen.«
Die Leute klatschten kurz und lahm. Ostendorf schritt zum Büfett und stach das Bierfässchen an.

XVII

Lea klopfte Florabella den Hals. Der Hals war nicht mehr so glatt und seidig, das Winterfell begann schon zu wachsen.

Sonst war alles wie immer. Sonja war da. Kinder spielten. Der Blöde Michael stand herum. Alles war wie immer – aber etwas fehlte. Kai war nicht da.

»Wo ist Kai?«

Sonja fuhr sich mit den gespreizten Fingern durchs Haar und sagte sachlich, ohne Lea anzusehen: »Er darf nicht mehr reiten.«

»Was? Wieso denn das?«

Lea war gerade zurückgekommen. Der Koffer stand noch unausgepackt im Flur.

»Er ist allergisch. Sie waren beim Arzt. Seine Mutter hat gesagt, sie hätte sich das schon lange gedacht: Immer wenn er von den Pferden gekommen ist, hat er einen Asthmaanfall gehabt.«

Lea drehte sich auf dem Absatz um und ging zur Telefonzelle. Wählen. Dreimal läuten lassen. Auflegen. Wieder wählen. Die vertraute heisere Stimme.

»Kai, hier ist Lea.«

»Ach, Sie sind es.«

Er war zum Sie zurückgekehrt, die heisere Stimme so

gleichgültig, als sei Lea jemand, den er mal flüchtig gekannt hatte.

»Kai, was ist passiert?«

»Der Doktor meint, das Asthma kommt von den Pferden. Ich bin allergisch. Gegen Pferde, Hunde, Katzen und Kaninchen.«

»Bei wem warst du?«

»Weiß nicht, wie er heißt. Dutz oder so. Ich war mit meiner Mutter. Ich habe Pflaster auf den Rücken bekommen. Und dann mussten wir warten. Und dann hat er gesagt, ich darf nicht mehr reiten. Ich darf überhaupt nicht mehr zu den Pferden. Sonst sterbe ich vielleicht. Das hat er gesagt.«

»Hat er das zu dir gesagt?«

»Ja, zu meiner Mutter. An Asthma kann man sterben.«

Die Scheu, mit der er das Wort »sterben« aussprach, und die Todesangst, mit der er sich ein paar Tage später hinter die Scheune zurückzog. Sonja hatte ihn vor der Schule abgepasst und zum Stall mitgeschleppt.

Er stand auf dem Hof herum wie jemand, der nach langer Zeit an einen Ort zurückgekehrt ist, an dem er einmal zu Hause war.

»Meine Mutter weiß nicht, dass ich hier bin. Wenn das meine Mutter wüsste.«

Er hielt Abstand von den Pferden, begrüßte Zorro nicht und wich bis an die Wand des Wohnhauses zurück, als Lea und Sonja Florabella und Fanny aus der Umzäunung holten.

Plötzlich war er verschwunden. Sonja war damit be-

schäftigt, Fanny die Hufe auszukratzen, und merkte nichts.
Lea legte den Striegel weg und machte sich auf die Suche. Sie fand ihn hinter der Scheune. Er sah sie nicht. Sie schaute um die Ecke, und da stand er, die Hand mit dem Sprühdöschen vor dem weit aufgerissenen Mund. Mit einem Blick erfasste sie seine Todesangst. Sie hatten ihm gesagt, dass er sterben würde, wenn er wieder zu den Pferden ginge. Er war trotzdem gegangen, und jetzt versuchte er, das Unheil mit dem Sprühdöschen abzuwenden.
Lea zog sich zurück.
Sonja stand noch immer gebückt und klopfte gerade mit dem Gummihammer gegen einen Hufschuh.
Lea hob den Striegel auf und strich damit über Florabellas Rücken. Es war das erste Mal, dass sie Kai mit einem Sprühdöschen gesehen hatte. Er hatte keinen Anfall. Er hatte Angst, dass er einen bekommen würde. Jetzt gleich. Weil er bei den Pferden war. Auch wenn er bei den Pferden noch nie einen Asthmaanfall gehabt hatte. Bei den Pferden nicht, beim Reiten nicht. Die Asthmaanfälle hatte er offenbar nur zu Hause. Wütend strich Lea über Florabellas Rücken. Florabella wandte den Kopf. Lea tätschelte ihr den Hals. Du bist nicht gemeint. Sie dachte daran, wie das ist: Nachts im Bett hochfahren und keine Luft bekommen. Nach Luft ringen. Nicht atmen können. Wenn es nichts gibt als den nächsten Atemzug. Luft. Wahrscheinlich glaubte er jedes Mal, dass er sterben würde.

Sonja richtete sich auf und griff nach dem Zaumzeug. Kai stand schon wieder vor der Hauswand.

»Willst du nicht mitkommen?« Er schüttelte den Kopf. »Lieber nicht ... Ich mach euch das Tor auf.«

Er ging vor ihnen her. Er hatte wieder den leicht schwankenden Gang eines Menschen, der einen schweren Sack trägt. Er öffnete das Tor. Das Tor schurrte.

»Also dann –«

Er hob die Hand zum Gruß und versuchte zu lächeln.

Lea und Sonja ritten die Straße hoch.

Als Lea sich umdrehte, stand er vor dem offenen Tor und sah ihnen nach, die Hand zum Abschiedsgruß erhoben.

XVIII

»Das halte ich im Kopf nicht aus«, sagte Sonja. »Er glaubt es. Glauben *Sie* das?«
»Was?«, fragte Lea.
»Dass das Asthma von den Pferden kommt.«
»Nein. Das glaube ich nicht. Er hatte schon Asthma, als ich ihn kennen gelernt habe. Er und sein Bruder. Da hatte er noch gar nichts mit Pferden zu tun.«
»Die Alte will ihn bloß wieder für sich. Darum ist sie mit ihm zum Arzt. Damit sie nicht mehr allein Videos gucken muss! Kennen Sie diesen Doktor Dutz?«
»Nein.«
»Aber ich. Da werden mindestens drei Patienten gleichzeitig abgefertigt. Erst sitzt man im Wartezimmer rum. Dann wird man vom Lautsprecher aufgerufen. Dann hockt man in irgendeinem Behandlungszimmer und glotzt die Wand an. Und wenn der Arzt endlich erscheint, greift er gleich nach der Karteikarte. Das Arschloch guckt einen nicht mal an. Der liest bloß, was auf der Karteikarte steht, und dann fragt er: Was kann ich für Sie tun? Was weiß denn der von Kai und der Alten? Der will bloß seine Pflaster aufkleben, abziehen, untersuchen und das Ergebnis verkünden. Warum lächeln sie?«

»Weil du Recht hast. Und weil du nicht mehr so grauenhaft sachlich bist.«
Beide achteten nicht auf den Weg. Die Bäume waren schon fast kahl. Die Pferde wateten durch eine dicke Schicht trockener Blätter.
Sonja schwieg. Die Blätter waren unansehnlich, der Himmel trübe. Lea sah Kai, wie er mit entblößtem Oberkörper in irgendeinem kleinen, weißen Behandlungszimmer saß und sich unter dem unschuldsvollen Blick seiner Mutter ein Pflästerchen nach dem andern auf den Rücken kleben ließ.
»Dem ist doch egal, was aus Kai wird. Der will bloß Kohle machen.«
»Ja«, sagte Lea trocken.
»Glauben Sie, dass er das wirklich gesagt hat?«
»Dass Kai stirbt, wenn er weiter reitet? Nein, ich denke, der hat seine Tests gemacht und der Mutter das Ergebnis mitgeteilt.«
»Die ist bloß eifersüchtig. Mit Max ist sie nicht zum Arzt. Der hat doch auch Asthma. Stimmt es, dass man an Asthma sterben kann?«
»Ja.«
»Aber dass er stirbt, wenn er reitet, das hat sie bloß gesagt, um ihm Angst einzujagen. Damit sie ihn wieder für sich hat.«
»Gut möglich.«
»Aber er glaubt es.«
»Was bleibt ihm anderes übrig.«
»Und wenn sein Asthma davon kommt, dass er zu Hause nicht atmen kann? Ich war bei ihm zu Hau-

se. Da kriegt man keine Luft. Da erstickt man in der Bude.«

Sie bogen in den Fahrweg zum Schlösschen ein. Die Pferde arbeiteten sich durch das raschelnde Laub der Lindenblätter.

Sonja schaute krampfhaft geradeaus. Ihr Kinn zitterte.

»Tun Sie was.«

»Was soll ich machen? Du sagst selber, er glaubt es, und wenn jemand etwas glaubt, kannst du dir den Mund fusselig reden. Worte kommen dagegen nicht an. Und wenn er heute Nacht einen Anfall hat, wird er überzeugt davon sein, dass es von den Pferden kommt.«

»Aber vielleicht ist es umgekehrt«, sagte Sonja verzweifelt. »Bei den Pferden hat er Luft, und wenn er nach Hause kommt ... die bunkern sich ja total ein. Ist doch klar, dass er denkt, er muss ersticken.«

»Aber er *denkt* es nicht – es geschieht ihm. Er bekommt keine Luft. Und er kennt nichts anderes. Er hat nur *dieses* Zuhause und nur *diese* Mutter.«

»Er hat uns.«

»Wir sind nicht sein Zuhause. Wir sind seine Freunde.«

»Freunde *sind* ein Zuhause.«

»Ja«, sagte Lea. »Aber ...«

Die Apfelbäume auf der Wiese hinter dem Schlösschen hatten keine Blätter mehr. Hier und da hing ein rotwangiger Apfel an einem nackten Zweig. Lea verstummte. Sie hatte sagen wollen: Er ist noch ein Kind.

Aber das stimmte nicht. Kai war kein Kind mehr. Und dennoch …

»… und wenn er dahinter kommt, dass seine Mutter ihn belogen hat, muss er sich fragen, ob alles andere, was sie ihm erzählt hat, auch nicht stimmt. Und dann? Woran soll er sich dann noch halten?«

»An uns.«

»Aber wir sind nicht dabei, wenn … zu Hause ist er allein. Der Bruder ist nicht da. Der Vater hält sich offenbar raus. Vielleicht merkt er nicht, was gespielt wird. Oder er ist zu schwach.«

»Wenn er nur weiß, dass er nicht alleine ist, dass er uns im Rücken hat, dann … dann schafft er es vielleicht, auch wenn wir nicht dabei sind.«

Das Fichtenwäldchen kam in Sicht. Lea dachte an den Abend, an dem sie Fanny und Zorro dort gesehen hatte, reiterlos, an einen Baum gebunden. Sie schaute in das Dunkel zwischen den Tannenzweigen. Es war ein freundliches Dunkel mit einem weichen Nadelpolster. Sonja schien es nicht zu sehen. Sie reckte das Kinn in die Luft und erklärte: »Er muss ihr die Stirn bieten. Und wir müssen ihn dazu bringen, dass er anfängt zu zweifeln.«

Lea fühlte sich plötzlich müde, sehr müde, alt und traurig.

»Weißt du, in was für eine Verzweiflung er dann stürzt? Zweifeln macht einsam. Es trennt dich von den andern, die glauben. Es schneidet dich ab.«

»Weiß ich. Da muss er durch. Alles ist besser, als sich aufzugeben. Wenn er jetzt aufgibt, gibt er sich auf.«

Leise fügte sie hinzu: »Und mich.«
Sonja sagte noch etwas, das in dem Rascheln des Laubs unterging. Dann schwiegen sie beide. Das Fichtenwäldchen lag hinter ihnen, der Mühlenweg tauchte auf.
»Scheiße«, sagte Sonja plötzlich. »Fanny hat einen Hufschuh verloren.«
Sie kehrten um und ritten zurück. Der Hufschuh lag neben einem Stein am Wegrand, von dem graubraunen Eichenlaub kaum zu unterscheiden.
Als sie wieder auf dem Weg waren, erklärte Lea lahm: »Ich würde euch so gerne helfen, aber ich weiß nicht, wie.«
»Sie haben doch gesagt, er hat Mut.«
»Das hat er. Aber er muss weiter zu Hause leben.«
»Weiß ich. Muss ich ja auch.«
»Und er ist kein Rebell.«
Am Teich trudelten die letzten Ahornblätter zu Boden. Plötzlich stand Lea wieder auf dem Balkon des Altersheims. Es war jetzt ein Jahr her. Wochenlang hatte sie am Bett der Mutter gesessen und ihre Hand gehalten. Die Hand war heiß gewesen und die Augen geschlossen. Auch als sie noch nicht so weit weg war, hielt sie die Augen fest geschlossen, als wolle sie nichts und niemanden sehen, auch ihre Tochter nicht. Manchmal war Lea auf den Balkon gegangen. Im Garten des Altersheims fielen die Blätter von den Bäumen. Im Aschenbecher häuften sich die Kippen. Ihr letztes Wort war »Nein!« gewesen. Die schönen, feingliedrigen Hände hatten auf der Bettdecke he-

rumgetastet. Sie suchte etwas. Und Lea fragte: »Mutter?« Und die Mutter antwortete mit klarer Stimme: »Nein!« Lea hatte sich über sie gebeugt. »Bin ich nicht deine Tochter?« Und die Mutter hatte wieder »Nein!« gesagt und dieses *Nein!* mit einem höhnischen Zug um den Mund noch einmal bekräftigt wie jemand, der eine absurde Zumutung zurückweist.

Lea schloss die Augen.

Von irgendwo weit weg drang Sonjas Stimme an ihr Ohr.

»Was hast du gesagt?«

»Sie haben ihn schon aufgegeben.«

Lea öffnete die Augen und sah, dass Sonja weinte. Die kleine hartgesottene Sonja weinte.

»Nein«, sagte Lea. »Ich habe ihn nicht aufgegeben. Ich weiß nur, wie viel Macht so eine Mutter hat. Ich weiß das aus eigener Erfahrung. Meine Mutter hat mich genauso festgehalten, um sich an mir festzuhalten, so wie Kais Mutter das jetzt mit ihm macht. Das hat nichts mit Liebe zu tun. Ich weiß, wie das ist. Ich weiß, wie schwer es ist, da loszukommen. Ich habe Jahre und Jahre an meinen Fäden gezappelt und es nicht einmal gemerkt. Du hast Recht mit dem Zweifeln. Erst muss man merken, was los ist. Und um das zu merken, muss man zweifeln. Dann kommt die Verzweiflung. Du weißt nicht mehr ein noch aus. Du bist hin- und hergerissen. Du weißt nicht mehr, was du glauben sollst. Und glauben musst du. Vertrauen brauchst du. Sonst musst du bei jedem Schritt Angst haben. Ohne Vertrauen kannst du nicht gut schlafen und nicht mehr richtig atmen. Und wem soll ein Kind glauben und vertrauen, wenn nicht seiner Mutter? Und was soll es machen, wenn es spürt, sie sagt etwas und dahinter ist etwas ganz anderes. Sie sagt freundliche Worte, sie macht ein freundliches Gesicht, aber du spürst, dass sie in Wirklichkeit böse ist und nur so tut, als wäre sie nicht böse. Oder als wärest *du* böse. Das bringt dich völlig durcheinander. Du weißt nicht mehr, was ist und was nicht ist. Alles fällt in die Kluft zwischen dem Ausgesprochenen und dem Unausgesprochenen. Und wenn du spürst, dass etwas nicht stimmt, denkst du, du hast dich geirrt. Du musst dich geirrt haben. Es kann nicht anders sein. Die Worte der Mutter gelten mehr als das eigene Gespür. Der Mutter glaubst du mehr als dir selber. Wenn sie es darauf angelegt. Und du fühlst dich schuldig, weil du an ihr gezweifelt hast, wo sie es doch nur gut mit dir meint. Und das glaubt sie vielleicht selber.«

Sonja hatte aufgehört zu weinen. Sie beugte sich zur Seite und schnäuzte sich, indem sie erst ein Nasenloch zuhielt und dann das andere, wischte sich die Tränen aus dem Gesicht und lächelte Lea an.

»Hilf ihm, sich selber zu trauen.«

XIX

Als Lea auf den Hof kam, band der Schmied sich gerade die Schürze um. Er war groß und weißhaarig und streckte ihr mit einem herzlichen Lachen die Hand entgegen.
Das Werkzeug lag schon bereit, das krumme Messer zum Hufeausschneiden, die Raspel, der Bock, der Brenner.
Ostendorf führte Fanny aus dem Stall. Er trug seinen Arbeitsanzug und nickte Lea wortlos zu. In den Wochen nach der Propagandaveranstaltung war er immer stiller geworden und hatte immer weniger Platz gebraucht.
Die Kutsche stand in der Scheune, schon wieder staubbedeckt. Er ging mit schwerem Schritt und nach innen gewendetem Blick wie jemand, der weiß, was er zu tun hat, und nicht angesprochen werden will.
Ohne den Schmied anzusehen, hob er Fannys rechten Vorderfuß auf.
Lea stand herum und sah zu, wie die Hornschnipsel wegspritzten.
Die Männer arbeiteten schweigend.
Der Schmied richtete sich auf und holte den Bock. Fanny ließ es zu, dass Ostendorf ihren Huf darauf

stellte und ihn mit beiden Händen festhielt, während der Schmied die Kanten abraspelte.
»Das gibt einen harten Winter«, sagte er. »Dieses Jahr hat es viele Nüsse gegeben. Es heißt, wenn die Nussbäume viel tragen, gibt es einen harten Winter.«
Ostendorf schwieg.
Der Schmied raspelte die Hinterhufe ab und klopfte Fanny den Hals. »Braves Mädchen. Der Nächste, bitte.«
Lea fragte, ob sie Zorro holen solle.
Ostendorf schüttelte den Kopf. »Der wird ja doch nicht mehr geritten.«
»Was ist mit Hanni und Gitti?«
Ostendorf betrachtete seine Schuhe. »Lohnt sich nicht. Die tun ja nichts.«
Die Hufe der Shettys wollte er auch nicht ausschneiden lassen. Von Mon cher, der weinend aus seinem Stallfenster schaute, war gar nicht die Rede.
Lea sah den Schmied an. Der machte ein undurchdringliches Gesicht.
»Viel Arbeit«, sagte er. »So viele Gäule machen viel Arbeit.«
»Zu viel«, sagte Herr Ostendorf leise, immer noch in den Anblick seiner Schuhe vertieft.
»Und kosten auch.« Der Schmied rieb Daumen und Zeigefinger aneinander.
Herr Ostendorf löste den Knoten des Anbindestricks und murmelte zu dem Schmied hin: »Meine Frau beschwert sich. Die Familie kommt zu kurz. Keine Zeit mehr für die Familie.«

Fanny folgte ihm mit wiegendem Hinterteil und pendelndem Schweif über den Hof und verschwand in ihrem Stall.

Lea suchte den Blick des Schmieds, der sich offenbar nicht einmischen wollte und nur kaum merklich mit den Achseln zuckte.

»Dann hole ich jetzt Florabella.«

Auf dem Weg über den Hof hörte Lea die Shettys in der Scheune rumoren.

Der Schmied entzündete den Brenner.

Lea streichelte Florabellas Kopf. Florabella war unruhig. Die Ohren zuckten und die Augen schielten zu dem Brenner hin.

Der Schmied warf einen Blick auf Florabellas Ohren. »Das Luder hält wieder nicht.«

Mit eigensinnig gerecktem Kopf ließ Florabella es zu, dass der eine Mann ihren Vorderhuf festhielt und der andere ihn ausschnitt. Die Hinterhufe wollte sie nicht geben.

Der Schmied boxte ihr in die Seite. »Gaul!«

Als endlich alle Hufe ausgeschnitten waren, holte der Schmied den Bock.

Florabella zog den Huf vom Bock. Der Bock kippte um.

»Steh!«, sagte Lea. »Ruhig! Steh!«

Der Schmied richtete den Bock wieder auf. »Immer dasselbe mit der.«

Schweigend packte Herr Ostendorf das Bein und setzte den Huf wieder auf den Bock. Florabella zog ihn wieder weg.

»Wenn das so weitergeht, wird nicht lange gefackelt. Dann muss die Nasenbremse ran.«
Die Eisen lagen schon im Feuer.
Florabella trat nicht aus, aber sie entzog Herrn Ostendorf wieder und wieder den Hinterhuf.
Der Schmied griff unter die Schürze in die Hosentasche und wischte sich mit einem großen karierten Taschentuch den Schweiß aus dem Gesicht.
Er steckte das Taschentuch wieder weg und langte nach der Raspel.
Florabella versuchte auszuweichen.
»Jetzt reicht's.«
Der Schmied holte die Nasenbremse.
Mit der Nasenbremse sah Florabella fremd aus. Verunstaltet und gedemütigt. Aber sie zog den Hinterhuf trotzdem wieder weg.
»Gaul!«, sagte der Schmied.
Herr Ostendorf richtete sich auf und presste die Hände in den schmerzenden Rücken.

Mit einer Zange holte der Schmied das glühende Eisen aus dem Feuer. Als er es auf den Huf presste, stieg Rauch auf.
Ostendorf drehte den Kopf weg. Der Schmied verschwand fast im Rauch. Naserümpfend atmete Lea den Geruch nach verbranntem Horn ein.
Der Schmied setzte einen Nagel auf und hob den Hammer. Ein Schweißtropfen fiel von seiner Nase. Mit einem plötzlichen Ruck zog Florabella den Huf weg. Die beiden Männer sprangen zur Seite.

Blut tropfte von Herrn Ostendorfs Hand.
Lea betupfte die Wunde mit einem Tempotaschentuch. Der Nagel hatte die Handfläche aufgerissen.
Ostendorf ging nach Hause, um sich verbinden zu lassen.
Lea blieb mit dem Schmied zurück, der abwehrte, als Lea versuchte, Florabella aufzuhalten. Freundlich legte er ihr die Hand auf den Arm. »Wir haben Zeit.« Mehr sagte er nicht. Seine Wortkargheit war die eines Menschen, der sich aufgehoben fühlt in der Stille und es versteht, einträchtig zu schweigen. Lea war vertraut mit dieser Art des wortlosen Imgesprächseins, aber zu beunruhigt, um sich darauf einzulassen. Wenn Ostendorf seinen Pferden nicht einmal die Hufe ausschneiden ließ, konnte das nur eins bedeuten. Doch lebte sie mittlerweile lange genug in dem kleinen Ort, um zu wissen, dass es sinnlos war, den Schmied direkt zu fragen. Die Alten unter den Einheimischen machten es immer noch so wie früher, als der Ort ein Dorf gewesen war und jeder jeden kannte. *Bloß nicht zu viel sagen. Wer weiß, wie einem das ausgelegt wird. Hinterher heißt es: Der hat gesagt … Am Ende gibt's bees Blut.* Es war nicht so, dass sie gar nichts sagten, aber sie ließen es gerne bei Andeutungen. Das brauchte Zeit, und Lea befürchtete, dass Ostendorf zurückkäme, bevor sie wusste, was sie wissen wollte. Trotzdem fing sie mit den Bucheckern an. Dass auch die Buchen so viele Bucheckern trügen wie noch nie und dass auch das auf einen kalten Winter hindeute.

Von dem kalten Winter arbeitete sie sich langsam zu Herrn Ostendorf und seinen Pferden vor und erfuhr so, indem sie tat, als sei sie im Bilde, nach und nach, durch ein Wort hier und ein Wort da, eine abgebrochene Geste, einen unter halb geschlossenen Lidern hervorgeschossenen Blick, dass Ostendorf im Frühjahr, als sein Sohn sie gebeten hatte, die Stallarbeit zu übernehmen, in der Psychiatrie gewesen war. Und das nicht zum ersten Mal. Der Blöde Michael war mit ihm zusammen entlassen worden.

»Der hat doch niemanden, wo er hinkönnte.«

Es war auch nicht das erste Mal, dass Ostendorf so viele Pferde gekauft hatte.

»Was das wieder gibt ... Hat sich mal wieder völlig übernommen. Sieht so aus, als ob er wieder ...«

Als das Tor schurrte und Ostendorf mit verbundener Hand eilig um die Ecke kam, hatte Lea noch in Erfahrung gebracht, dass Herr Sauerwein einst sein Lehrer gewesen war. *Früher.* Und so wie der Schmied es ausgesprochen hatte, wusste Lea, dass »früher« nicht einfach irgendwann früher bedeutete, sondern sich auf jene Zeit bezog, über die sie gewöhnlich schwiegen.

Ostendorf zog die Gartenhandschuhe an, die er von zu Hause mitgebracht hatte, und bückte sich, um Florabellas Hinterfuß aufzuheben.

XX

Lea holte die Zeitung aus dem Briefkasten, in dem ein Umschlag steckte, obwohl es zu früh war für die Post.
Der Umschlag war mit zwei Herzen bemalt, die einander berührten. Die Herzen waren mit rotem Buntstift gezeichnet und darunter stand in schnörkeliger Schrift: *Von Kai für Lea.*
Der Umschlag war zugeklebt. Lea öffnete ihn und hielt ein kleines Automatenfoto von Kai in der Hand.

XXI

Es war kalt geworden. Die Pferde standen jetzt auch tagsüber im Stall. Die Kinder spielten woanders. Außer Sonja und Lea war niemand auf dem Hof. Die beiden lehnten im Stallfenster und schauten Zorro beim Fressen zu.
Die gemächlich malmenden Backenknochen im Blick, erzählte Lea, was sie von dem Schmied wusste. Sonja legte die Stirn auf die im Stallfenster ruhenden Hände.
»Ich hab's geahnt.«
Von der Straße drang Verkehrslärm auf den Hof. Irgendwo bellte ein Hund. Sonja hob den Kopf und streckte die Hand aus, um das genüsslich kauende Pferd zu berühren.
Zorro hörte auf zu kauen und schaute zum Tor hin.
»Was ist mit Kai?«
»Ich fürchte, er hat aufgegeben.«
Sonja streichelte Zorros Hals. Zorro stellte die Ohren auf.
»Ich würde ihn kaufen«, sagte Lea. »Wenn ich Geld hätte. Aber ich hab keins.«
Das Tor schurrte.
Max kam über den Hof geradelt und blieb vor ihnen

stehen, einen Fuß auf dem Boden, einen auf der Pedale. Die Katzenaugen sahen Sonja herausfordernd an.
»Ei, wie?«
»Gut«, sagte Sonja kühl.
Max ließ die Hand in der Hosentasche verschwinden und blickte sich suchend um.
»Ist mein Bruder da?«
»Wieso?«, fragte Sonja.
Max wandte sich an Lea. »Meine Mutter schickt mich. Kai ist nicht heimgekommen. Sonst kommt er nach der Schule immer gleich heim.«
»Vielleicht ist er bei eurer Oma.«
»Da war ich schon. Bei der Oma ist er nicht. Die Mutter hat den Vater angerufen. Der hat Dienst. Er kann nicht weg. So eine Scheiße.« Max blickte sich noch einmal suchend um und stutzte, als er den alten Mann bemerkte, dessen Gesicht fahl wie der Mond am Tageshimmel hinter dem geschlossenen Fenster des Wohnhauses schwebte.
»Was ist denn das?«
»Herr Sauerwein.«
»Sieht aus wie ein Gespenst. Echt unheimlich. Ich mach mich weg. Weiß auch nicht, wo ich noch suchen soll. Wenn der nicht bald beikommt, ruft die Mutter die Polizei.«
»Vielleicht ist er bloß spazieren gegangen«, sagte Sonja mit einem giftigen Unterton.
»Der nicht.« Max wendete das Fahrrad. »Ich bin weg.«

Lea erzählte Sonja von dem Briefumschlag mit dem Foto. »Das war ein Abschiedsgeschenk. Ich dachte, er hat aufgegeben. Sieht so aus, als ob er doch nicht ganz aufgegeben hat. Wahrscheinlich hat er sich irgendwo verkrochen, weil er nicht mehr ein noch aus weiß.«
»Wir müssen ihn suchen.«
»Ich habe eine Ahnung, wo er sein könnte.«
»Ich auch.«

Die Pferde kannten den Weg im Schlaf. Am Kriegerdenkmal vorbei in den Wald, den Berg hoch, vorbei am Teich, am Schlösschen, an der Wiese mit den Apfelbäumen.
Das Fichtenwäldchen lag still und dunkel.
Sonja sprang vom Pferd und rief in die Schonung hinein. Schweigen. Keine Antwort. Nur das Rauschen des Windes in den Zweigen. Sonja rief noch einmal. Nichts.
Lea dachte, sie hätten sich geirrt, und wollte weiterreiten, aber Sonja band Fanny an und kroch so zielstrebig in die Schonung hinein, dass Lea ihr folgte.
Es roch ein wenig modrig, nach feuchter Erde, Pilzen und Tannennadeln. Die unteren Zweige der Bäume waren braun und verdorrt. Lea hielt schützend den Arm vors Gesicht und bewegte sich geduckt hinter Sonja her über den weich gepolsterten Boden.

Kai hockte mit angezogenen Beinen an einen Baumstamm gedrückt. Er hielt die Knie umschlungen und schaute ihnen mit Eulenaugen entgegen.

»Mann«, sagte Sonja wütend, »du hättest wenigstens antworten können.«
»Ich hab geantwortet«, sagte Kai. »Ihr habt mich nicht gehört.«
Erst jetzt fiel Lea ein, dass er zu heiser war, um zu schreien.

»Der Doktor hat's gesagt, und der muss es wissen.«
Er glaubte, dass er sterben würde, wenn er nicht von den Pferden wegbliebe. Es war eine Tatsache für ihn. Etwas, an dem es keinen Zweifel gab.
Er zuckte die Achseln. »Das ist Schicksal.«
»Quatsch!«, schrie Sonja.
»Kai«, sagte Lea schnell. »Weißt du noch, wie wir zum ersten Mal geritten sind? Wie ich dich hinterm Sattel mitgenommen habe?«
Kai nickte. Seine Brille war so beschlagen, dass die Augen dahinter nur noch als zwei große runde Flecke zu sehen waren. Lea zog ein Tempotuch aus der Tasche. »Gib mal deine Brille. Du siehst ja nichts mehr.«
Lea hörte Kais keuchenden Atem, während sie die Brille trockenrieb. »Damals hast du mir erzählt, dass ihr Asthma habt, du und dein Bruder.«
»Genau«, mischte sich Sonja ein. »Warum ist deine Mutter nur mit dir zum Arzt? Warum nicht auch mit deinem Bruder? Der hat doch auch Asthma?«
Kai drückte sich so fest an den Baum, als er ob darin verschwinden wollte.
»Verdammt noch mal, Sonja, reiß dich zusammen.«
Sonja starrte Lea einen Augenblick ungläubig an,

dann schien jede Regung aus ihrem Gesicht zu verschwinden. In der Stille hörte Lea den Nachklang ihrer eigenen Stimme. Ihr war, als hätte ihre Mutter aus ihr gesprochen. Mit diesem Satz hatte sie sie einst zum Verstummen gebracht. *Reiß dich mal ein bisschen zusammen!*

»Tut mir Leid, Sonja.«

Sonja fuhr sich mit den Fingern durchs Haar. »Ich hab dich unterbrochen.«

Lea wandte sich wieder an Kai, der schwer atmend seine Knie umschlungen hielt: »Damals hast du mir erzählt, dass ihr beide Asthma habt und eure Großmutter euch Endrine gibt, wenn ihr einen Anfall habt. Weißt du noch?«

»Die Oma weiß nicht, dass ich hier bin«, sagte Kai. Und plötzlich lächelte er, ein bisschen scheu und ein bisschen frech. »Woher habt ihr denn gewusst, dass ich hier bin?«

»Dein Bruder war auf dem Hof und hat nach dir gefragt. Er hat dich gesucht. Deine Mutter macht sich Sorgen.«

Kai ließ die Knie los, um einen schnellen Blick auf die Uhr zu werfen, obwohl es schon so dunkel war, dass er die Ziffern nicht mehr erkennen konnte. Lea hatte das Gefühl, dass sie nicht mehr viel Zeit hatten.

»Kai, du hast damals schon Asthma gehabt, da hattest du überhaupt noch nichts mit Pferden zu tun.«

»Aber der Doktor …«

»… hat nur seine Tests gemacht«, sagte Sonja.

»Weißt du noch, als du zum ersten Mal hinterm Sattel

mit mir geritten bist, habe ich dir erzählt, wie viel Angst Florabella hat. Aber ich habe dir nicht gesagt, wie viel Angst *ich* hatte.«

»Du? Angst?«

»Ich hatte kein Geld und keine Zeit. Ich hatte Angst, dass ich mich übernehme. Ich habe viele Fehler gemacht in meinem Leben, und ich hatte Angst davor, wieder einen Fehler zu machen. Du weißt, dass meine Mutter gerade gestorben war. Sie war tot und trotzdem hab ich weiter ihre Stimme gehört.«

»Wie?«, fragte Kai. »Dann warst du ja …«

»Nein, nein, ich war nicht verrückt. Ich wusste genau, dass sie nicht mehr da ist. Ich hab sie nur mit dem inneren Ohr gehört, so wie man denkt. Du willst doch nicht im Ernst ein Pferd kaufen, hab ich gedacht. In deiner Lage! Sei nicht so unvernünftig! Wie kann man so unvernünftig sein! Sie hat mir ein Leben lang reingeredet. Ich war so daran gewöhnt, dass ich es gar nicht mehr gemerkt habe. Und sie hatte ja Recht. Es war unvernünftig, ein Pferd zu kaufen, in meiner Lage.«

»Aber erst hast du nur die halbe Florabella gekauft.«

Lea lachte. »Ja, erst nur die Hälfte. Und trotzdem hatte ich Angst. Herr Ostendorf hat mich überrumpelt. Ich hätte Florabella nie gekauft, wenn er mich nicht überrumpelt hätte, und dafür bin ich ihm dankbar. Weißt du, wie die Juden sagen? *Schlepp mich, ich geh gern.* Das sagen sie, wenn jemand sich zu etwas überreden lässt, das er nicht will, aber doch will und nur deshalb nicht will, weil er es nicht wollen soll. Ein Pferd! Was für eine Kateridee! Mach dich doch nicht lächerlich! Weißt du, Kai, für ein Kind ist eine Mutter oder ein Vater wie Gott.«

»Aber du bist doch erwachsen.«

»Auch Erwachsene haben noch etwas von dem Kind in sich, das sie mal waren. Und sie haben die Stimmen ihrer Eltern in sich. Die meisten merken es nur nicht. Manche kämpfen ein Leben lang dagegen an, andere gehorchen ihnen noch, wenn sie längst unter der Erde sind …«

Kai fing an zu kichern. »Tote können ja gar nicht reden. Das weiß doch jedes Kind.«

»Ich meine, man hat sie irgendwo in sich.«

»Wo?«

»Weiß ich nicht. Aber ich weiß … nein, sag du mir: War es gut, dass ich Florabella gekauft habe?«

»Es war gut.«

»Erinnerst du dich noch, wie du mich damals gefragt hast, ob ich einen Mann und Kinder hätte, und als ich nein gesagt habe, hast du gesagt: Da wären Sie aber ganz schön einsam ohne Florabella. Kai, du verstehst mehr, als du weißt. Ich wusste plötzlich nicht mehr, was ich auf der Welt soll. Am liebsten hätte ich mich auch irgendwo verkrochen. Jeder Mensch braucht etwas, das zu ihm gehört, etwas, das ihn sich selber vergessen lässt und seinen Kummer, etwas, wo er hinkann, wenn er in Not ist, oder an das er denken kann, eine Insel, auf die er sich retten kann, um auszuruhen und zu träumen. Das kann ein Ort im Innern sein oder draußen, etwas, wo man hinkann. Oder besser noch: Jemand.«

»Ein Freund«, sagte Sonja.

»Ja, Freunde. Jeder Mensch braucht das, egal wie alt er ist. Dein Asthma wird nicht aufhören, wenn du wieder reitest, aber …«

»Aber der Doktor hat gesagt …«

Es war nichts zu machen. Lea schwieg und horchte auf das Rauschen des Windes und dachte an die wartenden Pferde. Irgendwo im Dunkeln knackte es, als ob ein Tier unterwegs wäre, irgendein Tier, das hier wohnte und hierher gehörte. Kai war jetzt nur noch eine dunkle Gestalt, sein Gesicht nicht mehr zu erkennen.

Sonja räusperte sich. »Hat *er* das zu dir gesagt? Oder war es deine Mutter …«

»Ich muss mal.« Kai richtete sich halb auf und zog sich gebückt in die Dunkelheit zurück.

»Was ist mit der Oma?«, flüsterte Sonja. »Vielleicht kann er die Oma als Verbündete …«

»Das wäre ein bisschen viel verlangt«, sagte Lea müde. »Dann müsste sie sich gegen ihre Tochter stellen. Außerdem …«

Lea hörte, dass Kai zurückkam, und verstummte.

Kai ließ sich wieder auf seinem Platz nieder. »Du hast es gut, Sonja. Du kannst machen, was du willst.«

Sonja fuhr hoch. »So, ich hab's gut? Hast du eine Ahnung.«

»Aber du hast Fanny. Deine Mutter hat dir Fanny geschenkt.«

»Weil ich sie genervt habe. Wenn ich sie nerve, kann ich alles kriegen. Sonst merkt sie gar nicht, dass ich da bin. Ich bin nicht vorhanden, verstehst du. Wenn ich heimkomme, heißt es: Schätzchen, hast du dich gut amüsiert? Und dann hört sie nicht hin. Egal, was ich sage, es kommt nicht an. Du hast ja keine Ahnung. Du weißt nicht, wie das ist. Ich komme nie irgendwo an. Bei dir auch nicht.«
Kai rutschte zu Sonja hinüber.
Leise sagte Sonja: »Du fehlst mir.«
»Du mir auch.«
»Dann komm wieder.«
»Lässt Zorro sich immer noch ein bisschen Hafer übrig?«
»Natürlich.«
»Wie geht es ihm?«
»Er braucht Bewegung. Die Pferde stehen jetzt wieder alle im Stall. Er hat niemanden mehr, der sich um ihn kümmert.«
»Der Doktor hat gesagt …«
»Ich weiß, du bist allergisch gegen Pferde. Und gegen Hunde, Katzen und Kaninchen. Zu den Pferden sollst du nicht mehr, aber die Karnickel dürfen bleiben. Ich hab deine Mutter gefragt, ob sie die Hasen abschafft. Und da hat sie das Gesicht verzogen, als ob sie gleich losheulen würde.« Sonja äffte erbittert ihren Tonfall nach: »Die sind mir doch so ans Herz gewachsen.«
Kais dunkle Gestalt unter den Fichten rückte von Sonja ab, aber Sonja ließ nicht locker.

»Die Karnickel dürfen bleiben. Also muss es noch einen anderen Grund geben als dein Asthma, wenn du nicht mehr reiten darfst.«

Kai schnaufte. Er atmete so laut und schwer, dass Lea befürchtete, er würde einen Asthmaanfall bekommen. Und was dann? Draußen im Dunkeln. Ohne Arzt. Ohne Hilfe. Und was, wenn er erstickt? Verantwortungslos. Wie kann man nur so verantwortungslos sein. Sie mussten gehen, sofort, ehe es zu spät war.

»Deine Mutter tut nur so, als ob es ihr um dich geht. In Wahrheit geht es ihr … will sie bloß … sie braucht deine Gesellschaft.«

Lea richtete sich auf. »Mir ist kalt. Ich will nach Hause.«

Auf dem Weg war es heller. Die Pferde wieherten. Lea atmete auf.

Florabella war unruhig. Der Boden war aufgescharrt. Es roch nach Pferdeäpfeln. Mit klammen Fingern löste Lea den Anbindestrick. Florabella war kaum zu halten.

Hand in Hand kamen Kai und Sonja aus der Schonung.

»Was ist?«, fragte Lea. »Sollen wir die Pferde führen?«

»Nicht nötig«, sagte Sonja. Und schon saß sie auf Fannys Rücken. Kai schritt auf die halb vermoderte Bank am Wegrand zu, kletterte hinauf, ließ sich hinter Sonja aufs Pferd gleiten und schlang die Arme um ihren Leib.

»Kann losgehn.« Seine Stimme war heiser, aber er schnaufte nicht mehr.

Eilig strebten die Pferde dem Stall zu. Der Weg war kaum noch zu erkennen, aber sie trugen ihre drei Reiter sicher bis in den Ort hinein.
Kai sprang ab und öffnete das Hoftor.

XXII

Auf der Höhe war es kälter als unten im Wald. Lea spürte den Wind im Gesicht, aber sie fror nicht, warm die Hände in den Handschuhen, warm die Füße in den Stiefeln. Alles war gut so, wie es war: der weite Blick über die Felder, die schwarzen Striche der Telegrafendrähte, auf denen sich im Herbst die Schwalben versammelt hatten, die Kurven der Hügel gegen den Himmel.

Der Wind kam von vorn, er trieb einzelne Schneeflocken vor sich her, die zwischen Florabellas Beinen verschwanden.

Guck, wie faltig die Haut zwischen den Vorderbeinen ist.

Mit einem scheuen Grinsen war Kai auf dem Hof aufgetaucht. Ich bin einfach gegangen. Ich hatte Stubenarrest, aber ich bin einfach gegangen. Es klang nicht rebellisch, eher staunend, als glaubte er es selber noch nicht ganz.

Er hatte Zorro aus dem Stall geholt, ihn gestriegelt und alles neu entdeckt: die Fältchen zwischen den Vorderbeinen, die geraden Wimpern, die großen Ohren. Es war ganz einfach. Ich bin einfach zur Tür raus. Aber dann doch Eulenaugen, als Max über den Hof

geradelt kam, die Baseballkappe verkehrt herum aufgesetzt. Du sollst heimkommen. Lea und Sonja existierten nicht. Kein Gruß, kein Blick. Die Mutter ist sauer. Du sollst heim, dalli dalli.
Es waren jetzt mehr Schneeflocken. Sie ließen sich sacht auf Florabellas Mähne nieder und schmolzen auf Leas Wangen. Der Himmel war einförmig grau. Lea dachte an das Lerchengezwitscher, dort oben im Frühling, ein schwarzes Flattern in der Bläue und dann ein senkrechtes Stürzen, als fiele ein Stein vom Himmel.
Kai hatte sich abgewandt und war hinter die Scheune gegangen.
Die Neugier im Blick der Katzenaugen, als hätten sie diesen Bruder noch nie gesehen. Neugier und Staunen. Dann ein Achselzucken, ein lässiges Winken. Soll er grad machen, was er will. Mir egal. Ein kleines Lächeln um die Mundwinkel, ein kräftiger Tritt in die Pedale.
Mit gemischten Gefühlen hatte Lea dem tief über die Lenkstange gebeugten Rücken nachgesehen.
Dichtes Schneetreiben. Von den Hügeln und dem Waldsaum war nichts mehr zu sehen. Schon lag eine dünne weiße Schicht auf dem Weg.
Auf einmal ist es mir aufgegangen. Wegen Asterix und Obelix. Mehr hatte er nicht gesagt, und er hatte nie darüber gesprochen, wie es gewesen war, als er nach Hause gekommen war, an jenem Abend, als Sonja den Zweifel in ihm geweckt hatte. Er hatte nicht darüber gesprochen, und Lea hatte nicht gefragt

und kein Wort über die Anrufe seiner Mutter verloren. Mein Sohn. Wollen Sie ihn unter die Erde bringen? Ich zeige Sie an. Ich warne Sie, ich hole die Polizei. Lea hatte die Polizei schon auf dem Hof gesehen und den Atem angehalten, wenn das Tor schurrte. Aber es war immer nur Sonja gewesen oder Kai oder der Blöde Michael oder Herr Ostendorf, der ihr knapp zunickte, seine Arbeit tat und nichts sagte.
Die Polizei war nicht gekommen und Max war auch nicht mehr auf dem Hof erschienen. Die Anrufe hatten aufgehört.
Kai lachte viel und hatte einen beschwingten Gang. Er war so leicht geworden, dass er an einem sonnigen Nachmittag oben beim Teich gelernt hatte, auf Zorro aufzuspringen. Jetzt ritt er sattellos und nannte Sonja seinen Engel. »Du bist mein Engel«, sagte er und lachte. Sonja konnte es nicht ausstehen, wenn er sie *mein Engel* nannte, und wurde jedes Mal fuchsteufelswild, nenn mich nicht mein Engel, ich bin nicht dein Engel, und jedes Mal sagte er, aber du bist doch mein Engel, du bist mein rettender Engel, und dann streckte er ihr die Zunge heraus und lachte, und sie schüttelte die Faust und sagte, wenn du mich noch einmal *mein Engel* nennst oder *Herzchen* oder *Schätzchen*, dann … dann … Er packte ihre Faust und küsste sie, sie wurde verlegen und sagte, lass das. Ein paar Stunden oder auch nur Minuten später nannte er sie wieder *mein Engel* und lachte schon vorher. Schließlich brauchte er nur noch E zu sagen, um sie wütend und glücklich zu machen.

Lea hatte Kai nicht erzählt, was sie von dem Schmied erfahren hatte. Er wusste nichts, aber er war nicht ahnungslos. Herr Ostendorf ist so komisch. Ich weiß nicht, ich glaub, es ist ihm alles zu viel. Sonja und Lea hatten sich einen Blick zugeworfen und nichts gesagt. Er war sofort hellhörig geworden. Warum sagt ihr nichts? Ihr wisst etwas, das ihr mir nicht sagen wollt. Panik in der Stimme. Eulenaugen und keuchender Atem. Die Schonzeit war zu Ende. Sie mussten es ihm sagen.

Felder und Telegrafenmasten waren im Schneetreiben verschwunden. Florabellas Mähne war schneebedeckt und die Hufe sanken im Schnee ein. Der Weg war nur noch daran zu erkennen, dass die Schneedecke da, wo er verlief, glatt und eben und über den Feldern wellig und bucklig war. Florabella hob den Kopf und wieherte. Am Wegrand tauchten Bäume auf. Es war nicht mehr weit bis zum Wald. Lea drehte sich um und sah die Spuren von Florabellas Hufen im Schnee.

Das war's dann. Kai war in sich zusammengesackt. Lea hatte ihm hilflos versichert, dass sie Zorro kaufen würde. Wenn sie Geld hätte.

In dem verschneiten Wald sah alles anders aus. Nichts war mehr vertraut. Florabella wieherte. Lea kannte die Wege, die sie so oft entlanggeritten war, nicht wieder. Verschneit sahen die Bäume alle gleich aus. Alles weiß und still. Florabella wieherte wie damals im Frühling, als die Gegend ihr noch fremd gewesen war. An einer Kreuzung wusste Lea plötzlich nicht mehr, wo sie war. Florabella, die sonst zielstrebig den nächsten Weg zum Stall wählte, wenn Lea ihr die Zügel ließ, wusste es auch nicht. Sie blieb einfach stehen und wieherte. Vielleicht war es das Weiß, das sie erschreckte – wenn ihr schon ein kleiner weißer Papierfetzen oder ein weißlicher Steinhaufen so gefährlich erschien, dass sie einen Bogen darum machen musste, wie viel Angst musste ihr dann das Weiß einjagen, das plötzlich überall war. Vielleicht fühlte sie sich einsam und wollte eine Stimme hören in der Schneestille, oder sie hoffte auf andere Pferde, obwohl sie wissen musste, riechen, hören, dass keine anderen Pferde in der Nähe waren.

Den ganzen Weg zurück zum Stall wieherte Florabella wieder und wieder in die Fremde hinein. Lea klopfte ihr den Hals und redete ihr gut zu, so wie sie Kai gut zugeredet hatte, als das Ende der Schonzeit gekommen war. Es war nichts zu machen. Kai hatte nur mit den Achseln gezuckt. Schicksal, da kann man nichs machen. Sonja hatte ihn in die Seite geboxt. Da kann man nichts machen. Wenn ich das schon höre. Meine Mutter hat doch Geld. Ich meine, wenn Herr Ostendorf wirklich … Also, ich werde schon mal anfangen, sie zu nerven. Sie *muss* das Geld geben.

Mit der Ruhe, die aus der Bewegung heraus kommt, stieg Lea vor dem Hof ab, öffnete das Tor und führte Florabella in den Stall. Es war niemand da. Ihre Fußspuren waren die ersten. Schneestille auch im Hof. Florabella hatte geschwitzt. Während Lea Brust und

Flanken trockenrieb, sah sie Kai vor sich, wie er hoffnungsvoll den Kopf gehoben hatte. Ich kann auch Geld verdienen. Ich könnte Zeitungen austragen.

XXIII

Aus dem Schlaf gerissen vom Klingeln des Telefons. Eine fremde Frauenstimme. Lea wollte schon wieder auflegen, da hörte sie den Namen Ostendorf. »Mein Mann will mit Ihnen reden.«
Ostendorf schien kaum sprechen zu können. »Es tut mir furchtbar Leid, was ich Ihnen jetzt sagen muss.« Er röchelte wie ein Sterbender. »Aber Sie haben es sicher schon gespürt ... Ich habe die Pferde verkauft, und ich muss Sie bitten, Florabella woanders unterzustellen.«
Es war ein Schock, nicht nur, weil Lea aus dem Schlaf kam und noch ungeschützt war, noch nicht gewappnet für den Tag, sondern auch, weil irgendetwas in ihr nicht geglaubt hatte, dass das, womit sie doch seit Wochen gerechnet hatte, wirklich geschehen würde.
»Wann?«
»So schnell wie möglich. Am besten heute noch.«
»Und Fanny? Weiß Sonja Bescheid?«
»Ich habe Frau Schneewind verständigt.«
»Wie haben Sie so schnell einen Käufer gefunden?«
»Ich habe den Händler schon vor acht Wochen angerufen.«

»Wie heißt er denn? Ich würde Zorro gerne zurückkaufen.«
»Der ist schon weg. Die Großen sind alle weg. Gestern Abend abgeholt. Die Ponys werden heute geholt.«
»Wann?«
»Im Laufe des Tages.«
»Dann muss ich den Mann sofort anrufen. Wie heißt er denn?«
»Das weiß ich nicht.«
»Das wissen Sie nicht? Sie haben doch ein Geschäft mit dem Mann gemacht. Da müssen Sie doch seinen Namen wissen.«
»Ja, aber ich kann ihn leider nicht sagen.«
»Aber warum denn nicht?«
Offenbar stand seine Frau noch neben ihm, denn Lea hörte, wie er weinerlich in das Zimmer hinein sagte: »Sie will den Namen.« Ostendorf stöhnte.
»Bitte machen Sie es mir nicht noch schwerer.«
»Aber es kann Ihnen doch egal sein. Ich will doch nur …«
»Ich kann Ihnen den Namen nicht sagen.«
»Dann sagen Sie mir wenigstens, wie viel Sie für Zorro bekommen haben.«
»Tausendfünfhundert«, antwortete er, plötzlich ganz ohne Weinerlichkeit. »Das geht nach Gewicht.«
Lea begriff, dass das der Schlachtpreis war. Er hatte die Pferde nicht an einen Händler verkauft, sondern an den Pferdemetzger.
»Ich möchte Zorro zurückkaufen, für Kai.«

»Bitte lassen Sie mich.«
»Sie wissen, wie wichtig das Pferd für den Jungen ist.«
Ostendorf stöhnte. »Bitte!«
Lea spürte, dass er schwankte, dachte, dass sie ihn vielleicht doch noch überreden könnte, sprach von Kai, von Sonja, von Zorro, hörte, wie er zu seiner Frau sagte: »Sie bedrängt mich.«
Er wollte schwach werden, aber er wagte es nicht, weil seine Frau daneben stand.
»Ich würde gern mit Ihrer Frau sprechen.«
»Sie will mit dir sprechen.«
Schweigen.
»Sie ist aus dem Zimmer gegangen.«
Lea dachte, dass sie diesen Jammerlappen wahrscheinlich auch nicht mehr ertragen konnte und deshalb aus dem Zimmer gegangen war, erinnerte sich, wie Frau Ostendorf groß, hager und starr auf dem Hof gestanden hatte, *meine Frau hat Angst vor Pferden*. Wie erleichtert sie sein würde, wenn alles vorbei wäre, gut, dass sie diesen Kerl nicht mehr zu sehen brauchte, aber diese Frau hatte ihr Leben mit diesem Mann verbracht, war jeden Tag mit ihm aufgestanden, hatte die Hemden für ihn gewaschen und seine Ausdünstungen im Bett eingeatmet, den Gestank nach Bier und Zigaretten. Wahrscheinlich war sie aus dem Zimmer gegangen, weil sie fürchtete, ihr Mann würde ihr einfach den Hörer in die Hand drücken, und was sollte sie dann sagen? Seine Suppe auslöffeln. Wahrscheinlich hasste sie die Pferde. Vielleicht

glaubte sie, sie nähmen ihr die Liebe ihres Mannes weg.
»Dann geben Sie mir doch einfach die Telefonnummer. Ich rufe an und regle alles. Oder sagen Sie mir, wie der Mann heißt und wo er wohnt. Wo wohnt er denn?«
»Bitte!«, flehte Herr Ostendorf. »Ich kann nicht mehr. Ich will nicht ungezogen sein, sonst würde ich den Hörer auflegen.«
Lea gab nicht auf. Fing wieder von vorne an. Kai. Zorro. Gesundes Pferd, könnte noch lange leben. Nichts. Nichts zu machen. Und wieder dachte Lea, wie gut es war, dass sie den Kerl nicht mehr zu sehen brauchte. Sie hasste sein Pathos, seine fühllose Härte und seine Feigheit. Aber sie ließ sich nichts davon anmerken, redete geduldig auf ihn ein, unendlich geduldig. Um Kais willen. Um Zorros willen. Sie fürchtete, dass Ostendorf den Hörer auflegte, ohne ihr den Namen des Pferdemetzgers zu nennen. Und so redete sie ihm weiter zu und er jammerte weiter. »Lassen Sie mich … ich kann nicht mehr … bitte!« Wie ein leidendes Tier. Er legte den Hörer nicht auf, aber er gab den Namen nicht preis. Es war nichts zu machen. So war nichts zu machen. Vielleicht anders. So nicht. Andere Töne anschlagen. Einen anderen Ton. Befehlston. Lea wählte den Ton, den sie so oft von ihm gehört hatte, in den Zeiten, in denen er aus sich herausgekommen war und viel Platz gebraucht hatte, den Kasernenhofton. Sie herrschte ihn an. Und es wirkte sofort.

»Einen Augenblick. Ich hole die Nummer.«
Lea hörte, wie er den Hörer hinlegte, hörte ihn weggehen und zurückkommen.
»Die Nummer ist …«

XXIV

Das Hoftor stand offen.
Der Alte mit dem bösen Blick schlurfte Lea entgegen. Lea machte einen Bogen um ihn und war erleichtert, dass sie auch ihn nicht mehr sehen musste. Wenn er Zerberus war, hatte er jetzt nichts mehr zu bewachen.
In der offenen Tür des Pferdetransporters Zorros brauner Hintern.
Der Blöde Michael war da und nickte Lea zu, nickte und nickte und wollte gar nicht mehr aufhören.
Ostendorf, in Arbeitsanzug und Gummistiefeln, wich Leas Blick aus.
Lea ging auf den Metzger zu.
Der Metzger hatte einen festen Händedruck. Er trug einen grünen Filzhut mit Vogelfeder.
Den Preis für Zorro hatten sie schon am Telefon ausgehandelt.
Herr Ostendorf wandte sich an den Metzger: »Das ist nicht in meinem Sinne. Aber wenn Sie wollen … bitte.« Als hätte er noch etwas zu sagen. Lea ließ ihn reden. Die Pferde gehörten ihm schon nicht mehr.
Sonja war noch nicht da.
Lea musste den Metzger hinhalten. Der Metzger

wusste nicht, dass Lea das Geld nicht hatte. Sie musste ihn hinhalten, bis Sonja kam.
Lea stellte sich so, dass sie die Straße im Blick hatte.
Von Sonja war nichts zu sehen.
Der Metzger lud Zorro aus.
Lea klopfte seinen Hals und begutachtete die Hufe, um Zeit zu gewinnen.
Ostendorf führte Lulu aus der Scheune.
Von Sonja war nichts zu sehen.
Lulu wollte nicht in den Pferdetransporter. Die Männer fluchten. Lulu äpfelte. Der Blöde Michael holte Schaufel und Schippe.
Lea wollte nicht sehen, wie Lulu verladen wurde. Sie blickte sich auf dem Hof um. Herrn Sauerweins Fenster stand offen. Das Fenster war leer.
Auf dem Hof lagen noch Reste von Schnee.
Die Shettys waren schon verladen und Sonja war immer noch nicht da.
Lea entdeckte eine Schramme an Zorros Flanke. »Sagen Sie mal …«
Die Shettys rumsten gegen die Wände des Transporters.
Lea kramte in ihrer Umhängetasche. Der Metzger stand abwartend neben ihr. Plötzlich war Sonja da. Lea hatte sie nicht kommen hören.
Der Händler zählte das Geld nach und steckte es in die Tasche.

XXV

Zur Begrüßung ein Schnauben, manchmal sogar ein Wiehern. Florabella stand und schaute mit gespitzten Ohren, dann setzte sie sich in Bewegung, kam über die Weide auf Lea zu, blieb ein, zwei Schritte vor ihr stehen und reckte den Hals zu ihren Händen hin, ob da etwas war.

Lea gab ihr, was sie hatte. Einen Apfel, eine Möhre, ein Stück trockenes Brot. Sie kaute mit Wohlbehagen, den Blick nach innen gewandt. Dann legte sie die Ohren an. Zorro kam über die Weide. Er wollte auch etwas haben. Plötzlich blieb er stehen, hob den Kopf und wieherte. Es war Frühling, das Grün der Wiesen wurde schon saftig. Am Waldrand sangen die Vögel. Unten auf dem Weg tauchten Kai und Sonja auf. Zorro trabte ihnen entgegen, und endlich setzte sich auch Fanny in Bewegung und kam gemessenen Schritts über die Weide.

Romane für Kinder

Elisabeth Honey
Die Wombats bitte nicht streicheln
Roman. Aus dem Englischen von Heike Brandt
Gebunden, 192 Seiten (79781) *ab 11*
Wenn Kinder eine Reise tun, dann beginnt sie meistens mit peinlichen Eltern-Verabschiedungen. Wie sich das vermeiden lässt, dazu gibt Mark in diesem einzigartigen Camping-Tagebuch ausgesprochen wertvolle Tipps. Vor allem aber berichtet er von der Farm Lendinya nebst ihren Bewohnern. Mark und seine Freunde, die Kokosnüsse, schlafen dort in Zelten, bauen Hütten und lernen die Kunst des Spinnens und Schmiedens: Es ist »total cool«, so zu leben wie die alten Pioniere. Und manchmal irrekomisch. Getrübt werden diese abenteuerlichen Tage einzig durch den Lehrer, der Jonah, den Neuen, nach Strich und Faden schikaniert. Irgendwann dämmert es den Kokosnüssen, dass der Lehrer ein Problem hat.

Karlijn Stoffels
Mojsche und Rejsele
Roman. Aus dem Niederländischen von Mirjam Pressler
Gebunden mit Schutzumschlag, 200 Seiten (79786) *ab 12*
Warschau 1939 – Tel Aviv 1995: Die wundervolle Liebesgeschichte zweier Kinder, die sich im Waisenhaus des Janusz Korczak kennen lernen. Ein ergreifender Roman, in dem Authentisches kunstvoll mit Fiktivem verwoben wird.
»Das Debüt des Jahres! Eine atemberaubende Geschichte, schonungslos, voller Galgenhumor und jüdischem Witz ... Ein Roman, bei dem alles stimmt: Inhalt, Sprache und Spannung.«
Trouw
»Ein ungewöhnlich dichter und bewegender Roman.«
Frankfurter Allgemeine Zeitung

Beltz & Gelberg
Beltz Verlag, Postfach 100154, 69441 Weinheim

Romane für Kinder

Annika Thor
Ich hätte nein sagen können
Roman. Aus dem Schwedischen von Angelika Kutsch
Gebunden, 160 Seiten (79782) *ab 11*
So lange Nora denken kann, war Sabina ihre beste Freundin. Doch seit die Sommerferien zu Ende sind, ist alles anders. Sabina ist jetzt mit der Klassenschönheit Fanny und ihrer Clique zusammen und lässt Nora links liegen. Aber so schnell gibt sich Nora nicht geschlagen. Sie wird um Sabinas Freundschaft kämpfen, wenn es sein muss mit Lippenstift und neuen Klamotten. Lästig ist nur, dass ihr plötzlich die unmögliche Karin auf die Pelle rückt. Wenn sie sich mit der einlässt, ist sie bei Sabinas neuer Clique endgültig unten durch.
»Ein lebendig geschriebener Kinderroman, der mit viel Einfühlungsvermögen ein unbequemes Thema anpackt.«
Kölner Stadtanzeiger

Leon W. Tillage
Leons Geschichte
Roman. Aus dem Amerikanischen von Heike Brandt
Gebunden, 112 Seiten (79787) *ab 11*
Leon Walter Tillage wächst mit acht Geschwistern auf der Farm eines Mr. Johnson in North Carolina auf. Mais, Tabak oder Baumwolle wird auf den Feldern angebaut, und Mr. Johnson weiß Mittel und Wege, seine Arbeiter in einer Abhängigkeit zu halten, die der von Sklaven verblüffend ähnelt.
Heute ist der Autor Hausmeister in einer Schule in Baltimore. Seine Lebensgeschichte hat er viele Jahre den Schülern seiner Schule erzählt, als Teil des Geschichtsunterrichts. Die Zeiten haben sich zum Guten geändert, so sieht er das. Er will nicht anklagen, sondern Hoffnung machen auf eine bessere Zukunft.
»Eine fesselnde Autobiographie, von der eine gewaltige Kraft ausgeht. Mit ihrer behutsamen Art und Weise von den Gräueln des Rassismus zu berichten, erreicht sie wesentlich mehr, als es die meisten Romane je könnten.«
Publishers Weekly

Beltz & Gelberg
Beltz Verlag, Postfach 100154, 69441 Weinheim